U0539271

圖版

梁總經理於實習始業式上分享人生心得和舉辦實習的初衷

實習首日與總編的談話紀錄

實習課程問題發想

協助業務部出口書登記裝箱與加工

圖版

協助門市部書籍上架、清點

「數位時代下的出版新思維」上課紀錄

日常下課與總編的合照

文字學影片剪輯實作

圖版

日常的桌面與午餐時間

接近尾聲的校稿工作

v

最後的拉麵店

附錄：小朋友與外國人的初次對話

圖版

輔仁大學吳沛錞同學
獲頒實習證書

輔仁大學李宜蓁同學
獲頒實習證書

輔仁大學謝佩芸同學
獲頒實習證書

輔仁大學廖于嬋同學
獲頒實習證書

輔仁大學丁信智同學
獲頒實習證書

東吳大學黃宣瑜同學
獲頒實習證書

臺北大學邱筠涵同學
獲頒實習證書

東華大學莊昀蓁同學
獲頒實習證書

梁錦興　張晏瑞　總策畫
莊昀蓁　邱筠涵　主編

# 全知
# 出版視角

Omniscient
Publition's Viewpoint

丁信智、吳沛錞、李宜蓁、邱筠涵
莊昀蓁、黃宣瑜、廖于嬅、謝佩芸　編著

# 梁序：找到工作的意義

梁錦興
萬卷樓圖書公司總經理

　　萬卷樓舉辦「圖書出版經營理論與實務暑期實習」活動，已經十四年了。在這段時間，我最開心的，便是同學在實習結束後，拿著實習的成果書，來請我撰寫序文。就算是虛榮心吧，但確實也是一種成就感。看到同學們到萬卷樓來實習，能夠有所收穫，不也是我們工作中的一種成就嗎。

　　在我一生的工作經歷中，文化事業是我從事最久的行業。從加入萬卷樓到今天，已經將近三十年了。坦白說，跟我過去所從事的行業相比，文化事業真的是太微小了。我從沒想過，我有一天會從事這個行業。但人生的境遇，豈是可以預料的呢？在萬卷樓最辛苦的時候，在朋友的邀請下，我毅然決然地投入參與。當時，很多人都不看好，認為「大廈將傾，一木怎扶」。但我不這麼認為，我覺得「在逆境的時候，有人起高樓；在順境的時候，有人樓塌了」。一個企業能否成功，不在他處於順

境或逆境,最重要的是經營的人!如果人對了,仍然可以逆中求勝,敗部復活。或許這是我作為客家人的「硬頸精神」吧!但這樣的性格,卻也讓萬卷樓逆勢成長,經營到今天。

　　一個工作,能夠讓我從事這麼久,除了「硬頸」的執念外,坦白說,最重要的還是有「成就感」。這種「成就感」的來源,並不是說賺多少錢,而是在於工作的意義。從事一個工作,找到對自己的意義,我認為是一件非常重要的事。因為,這是一種願景,也是一種期待。如果工作,只為糊口,那可以從事的工作太多了。如果工作,只為賺錢,那可以賺錢的工作太多了。對我而言,從事萬卷樓這個工作的意義,要說是「發揚中華文化,普及文史知識,輔助國文教學」,這是演講稿才會這樣說。雖然不是假的,但有點矯情。真心而言,我希望身邊的人都能夠因為我的關係,獲得更好的生活,得到更好的收穫。「照顧好身邊的人」就是我工作的成就感與意義。

　　我在萬卷樓這段時間,我看著公司的同仁,從談戀愛、結婚、生子、買房,過上安穩的生活,有著幸福美滿的家庭,那就是我的成就感。這些同仁在公司一待便是十五年、二十年,這麼多年不會想離開,我想這也是我的一種成就吧。

在我剛來萬卷樓的時候，有個師大國文學系的小女孩來敲門，他問我能不能在萬卷樓打工，因為家裡窮，需要自己賺學費。我表示歡迎！從此，他下課就來公司，聽到鐘聲再趕回學校上課。四年後，他順利畢業，考上教職，交了男朋友，結了婚，生了孩子，過上幸福的日子。在離開萬卷樓前，我認他做乾女兒，到了今天還保持聯繫。逢年過節，對我的問候，比親生女兒還親。當時，還有一個研究生，他研究文字學，經常過來看書買書。有一天，他怯生生的跑來跟我說：「老闆這個書太貴了，我錢不夠。能不能分期付款，先幫我把書保留下來。」他想把身分證抵押給我，作為憑證。我說：「你把書拿去，有錢再拿來付就好」。到了今天，他已經成為師大國文學系的教授，仍然經常過來看書買書。看到我仍然怯生生的打招呼。看到他的成長，我也認為這是我的成就之一。

三十年在萬卷樓，可以回憶的事太多了。這些事，可能都是一些小事。但在我經營萬卷樓的過程中，這些事給我帶來的成就感，恰恰是我努力工作的意義。過去飛黃騰達的歲月，當時賺的錢，可真多啊！每天燈紅酒綠，結交一群酒肉朋友，一旦我面臨困境，便一一離我而去。現在想來，那樣的人生又有什麼意義呢？在萬卷樓，過著平實的生活，追求穩健的經營，讓身邊的人安心工作。行有餘力，讓同學們來實習，看著他們成長，

看著他們得到收穫,看著他們認同萬卷樓,在萬卷樓接案子、甚至加入萬卷樓的行列。我想,這也是一種成就感,也是我工作的意義!同學們請我寫序,我把這些小事,跟大家分享。也期待同學們,未來找到自己工作的意義。

萬卷樓圖書公司・國文天地雜誌社

總編輯　梁錦興　謹誌

# 張序：從學校到職場

張晏瑞
萬卷樓圖書公司總編輯、業務副總經理

　　從第一屆萬卷樓舉辦暑期實習活動迄今，我們已經接待過多位到萬卷樓實習的同學。每年迎接他們到來，陪他們度過一個暑假，開學前送他們離開，也成為我們每年暑假的慣例工作，已經持續十四年了。

　　雖然是慣例工作，但在每年舉辦的過程中，我們也會面臨到各種問題。包括：活動舉辦期間，公司業務的推動；以及活動舉辦的安排，能否適合同學們了解出版產業；還有活動參與的同學，是否真的想要了解出版產業？種種問題，其實都會影響到活動舉辦的效果。初期，我們遇到了一些困難和挫折；後來，我們解決了一些困難和問題；現在，我們仍然在面對問題，並思考解決的方法。反覆操作的過程中，積累了不少經驗，也獲得很多學習的機會。或許，這就是教學相長吧！帶給實習同學收穫，我們也會有所收穫。

　　舉例來說，萬卷樓舉辦實習活動，會安排實習同學到各部門幫忙，了解各部門的工作。各部門的人員，都必須有所

參與。同學來幫忙,同仁就應該分享工作的內容,以及工作的思路跟想法。讓同學知道,為什麼要做這件事?為什麼要這麼做?這樣做的意義在哪?做了會得到什麼結果?如果不這麼作,又會如何?或者是,怎麼做可以更好?透過同仁的分享,讓同學建構整個產業的概念和想法。從這樣的過程中,同仁也可以審視一下自己手邊的工作,思考工作的作法,以及如何精進作為。這是一個互動的過程,彼此都能得到收穫。

這種彼此都能得到收穫的想法,坦白說其實是一種理想,多數時候,難逃「人性」的影響。誰不希望,多一事不如少一事呢?誰不希望輕輕鬆鬆享受成果呢?從工作中學習,理想很豐滿;但工作起來,現實很骨感。除了「淚」以外,多說都是「累」啊!這樣子的想法,不論實習同學,或是公司同仁都有。因此,同學來幫忙,同仁未必會放下手邊的工作,作詳細的解說,也未必能夠熱情的招呼,可能交代完以後,就去做自己的事了。同仁請同學工作,工作總是一種勞動,別說同學未必笑臉相迎,只要沒有無奈之情,都算是歡迎。工作的成果,是否達標,也就不要過多要求了。這種情況,其實在實習活動的過程中,經常發生,也很正常,但需要彼此相互體諒,也要相互的精進,克服「人性」的弱點,主動積極,彼此才能都得到收穫。

同學們在學校,是老師們服務的對象,自然習慣相關事

情，都已經做好妥善的安排。老師上課，要引起動機，帶起興趣，充實內容，滿足求知慾。但到了職場以後，變成要為公司做服務時，能否去置換這樣子的心態和想法，往往必須經過一段適應期。而實習活動，恰恰是讓同學體驗職場，轉換心態的一個好機會。

我經常跟同學說：大家來實習，協助同仁工作，因為時間很短，加上沒有經驗，所以頂多做作粗階的活兒，多半是勞動工作。在工作的過程中，同仁有他每天既定的工作目標跟工作項目要達成，要再來跟同學分享工作心得，同仁也承擔了很大的壓力。對公司來說，舉辦實習活動，是善盡社會責任。對同仁來說，那是他負擔的增加。這一點，也希望同學們能夠體會。進一步再學習如何從一個「被服務者」，到作為一個「服務者」的過程。

在學校，大家都習慣被服務；到了職場，角色易位，自然不習慣。怎麼沒人來教我呀？怎麼不講清楚呢？下一步該怎麼做呢？再來呢？再來呢？面對種種的問題，該怎麼解決，我認為應該要培養「主動發問的能力」。這個能力，在實習期間，是最好的培養時期。因為，雙方沒有利害關係，同學們協助同仁工作，能夠多瞭解一點，就能夠做得更好，多分攤一點同仁的壓力。我相信，每位同仁都很樂意與實習同學做分享與指導的。

為什麼要同學主動問呢？因為每位同仁也在學習——

如何做一個「服務者」。從為公司的業務服務，到服務來實習的同學。這個過程，同仁也需要學習與置換的。

同學們未來進入職場，在工作的歷程中，也會不斷學習「如何為他人做服務」。如果能夠實習期間，能夠體會到這一點的不容易，未來在工作上，就能夠更容易地融入職場。

人的一生，學習只是一個階段性的任務，從進幼兒園，到研究所畢業，大概只有二十年的時間，是在學校內度過。如果六十五歲退休，那還有四十年的時間，要在職場上奮鬥。這麼長的時間，要做一個「服務者」，真的不容易。

我們在服務的過程當中，要如何維持服務的熱情？要如何提高服務的品質？要如何提升服務的效率？要如何在服務當中，找到自己人生的意義。我覺得這是我們必須窮極一生探索的問題。而我認為，從服務中找到成就感，是很重要的事。

因此，體貼服務我們的人，並且讓他感受到成就感。我覺得是從學校到職場的過程中，要努力學習的，而這也是實習的意義。

萬卷樓圖書公司・國文天地雜誌社
總編輯兼副總經理　張晏瑞　謹誌
二〇二五年八月廿六日

# 目錄

i　　圖版

I　　總經理梁錦興／梁序：找到工作的意義

V　　總編輯張晏瑞／張序：從學校到職場

001　吳沛錞　從書香想像到現場實踐：
　　　　　　走進萬卷樓的編輯日常

013　李宜蓁　出版，不只是書本

025　謝佩芸　字裡行間的萬卷旅程

035　廖于嬅　轉瞬間的萬卷之旅

045　丁信智　我只想睡飽再來啊！

055　黃宣瑜　與山行：萬卷樓的實習的回憶

065　邱筠涵　停下一路的走馬觀花

077　莊昀蓁　萬卷樓出版社體驗券

087　編後記：「實習生們！！主編版！！」

# 從書香想像到現場實踐：

## 走進萬卷樓的編輯日常

吳沛錞
輔仁大學圖書資訊學系

## 一、前言

在資訊傳播日益多元的時代，出版業雖面臨數位浪潮的衝擊，但其作為知識整合與文化傳播的重要角色，依舊具備無可取代的價值。作為圖書資訊領域的學生，我始終對編輯與出版的實際工作流程充滿好奇，也希望能藉由親身經歷，深入了解這個產業的運作模式。因此，我參與了萬卷樓的實習，期望從基層任務中學習書籍從編輯、排版、推廣的完整過程。

在實習開始之前，我對萬卷樓的印象主要來自學長姐的實習分享。在我的想像中，那是一個瀰漫著書香氣息的環境，每位同仁都有自己的工位，空間雖不寬敞卻安靜而有秩序，書架上陳列著各式出版書籍，氣氛專業且沉穩。為了更

進一步了解這家公司，我也在網路上查閱了相關資料，對其業務與出版品項有了初步認識。懷著這樣的想像與期待，我踏入了萬卷樓。

## 二、實習過程與內容

### （一）校稿與對紅經驗

　　回顧當初對萬卷樓的想像，我原以為自己在實習期間只會從事文字編輯相關的工作，但實際上，所接觸的任務遠比想像中更加多元且立體，不僅包含校對與對紅，還涵蓋了從書籍行政資料建檔到數位推廣的各個環節，使我對出版工作的認識逐步深化。

　　實習的第一天，我便進入了書稿校對的工作，我負責的屬於三校階段。這意味著前面已有校對者做過標記與修正，因此可以看見許多不同人對於語句修改的觀點與做法。這對我而言既新鮮又富啟發性——例如：有些語句，我認為保留原意更為自然，但他人則傾向刪減或調整，反映出不同編輯對於語言節奏與閱讀流暢度的考量。這種編輯視角的差異，讓我更加理解文字修訂並非只是形式作業，而是一種深度的閱讀與判斷。

　　在實習的最後，我學習了什麼是「對紅」。對紅主要是確認書稿上的紅筆修正是否全數被實際修改，若仍有遺漏

則需加以註記提醒；若已完成，則以鉛筆將紅筆劃除。這項工作不僅考驗細心與耐心，也代表一本書進入出版前最後一關的品質把關。在進行文字排版實作時，我意識到排版與校對之間密不可分，從字體選擇、段落結構到標題配置，每一環都影響著一本書最終呈現給讀者的樣貌。

值得一提的是，第一天學到的校稿原則與細節，到了對紅與排版階段再次被驗證，產生了清晰的前後呼應。我從最初對於格式與標點的懵懂，到最終能獨立完成修改確認，這段過程不僅是技能的深化，更是一種實踐中的學習歷程。編輯的工作雖不顯山露水，卻處處體現專業與邏輯，而這些在實習中親身去體驗，遠比書本知識來得深刻且真實。

（二）實作技能的學習與應用

除了校稿的工作，我也有幸參與許多出版實務操作，讓我得以全面認識一本書從無到有所歷經的行政流程與技術細節。其中，最具代表性的經驗包括 ISBN 與 CIP 申請、微信公眾號書訊推廣，以及影片剪輯與簡報製作，這些看似瑣碎但實際上極具技術性的環節，讓我深刻感受到編輯人員除了文字能力外，還需要具備相當程度的資訊應用與系統操作能力。

實習期間，我們實際操作了一次 ISBN 與 CIP 的申請流程。這一過程需要填寫書籍的基本資料、分類標籤、作者

資訊、預計出版時間與開本形式等內容，每一項都必須正確無誤，否則將會影響國家圖書館建檔的準確性。這使我意識到編輯工作的嚴謹性並不限於文字內容，連書籍的行政資料也需全盤掌握。從申請中我了解到，若一本書同時有平裝與精裝版本，則需分別申請兩筆 ISBN，因兩者價格、用紙與裝訂方式都不同；而精裝通常用於收藏，平裝則方便日常閱讀與大量流通，這也呼應了不同讀者需求與出版策略的多樣性。

　　除了書籍資料申請，我還學習了如何製作書訊並在微信公眾號發布推廣。剛開始對於操作流程還不夠熟悉，加上有些書籍已經發布過，需要重新進行選書與資料彙整，所以耗費了較多時間。透過不斷練習與比對，我逐步掌握了發布流程、圖文編排的邏輯，以及語言呈現的吸引力，這不僅訓練了我對資訊的整合與轉譯能力，也強化了我在數位平臺上進行行銷推廣的實務技巧。

　　另一個令人印象深刻的任務是影片剪輯與簡報製作，影片原始檔案中因為螢幕切換而出現短暫閃黑的畫面，我需要手動補上一幀圖像以遮蓋這個缺陷，正因為一幀只有極短的時間，處理起來並不容易。但透過耐心地不斷嘗試與修改，這個問題終於順利解決，在看到畫面順暢播放的那一刻，我的成就感油然而生。

　　這些任務中每個環節都深具意義，無論是對於書籍資

訊的精準管理、數位推廣平臺的應用,或是影音內容的製作與整合,都讓我理解到當代編輯跨媒體、跨技能的綜合性工作。這些經驗不僅拓寬了我的技能視野,也讓我對出版業有了更加立體且現實的理解。

## (三)業務部支援

在出版流程中,我參與多項與書籍實體流通有關的任務,包括刷書建檔、拆書、點書、排架與裝箱,每一項看似瑣碎的工作,其實都蘊藏著管理、協調與細心度的考驗。

初次接觸書籍建檔作業時,需透過系統掃描條碼、比對書籍資料並完成建置。過程中曾遇到同一書名出現兩筆資料的情況,或不同出版社版本混淆,這讓我學會在操作中保持謹慎並查驗細節,避免登錄錯誤書目。這些操作不僅需要對系統操作的熟悉,更需要理解編目資訊的邏輯與差異。透過這些任務,我深刻體會到書籍上架前的每一道程序都影響最終成品能否順利進入市場與讀者手中。

業務部作業的另一大挑戰來自體力與空間規劃。在一次大規模清點與排架任務中,我與其他實習同仁需合作將書籍分類、刷條碼、搬運至指定區域。當書架空間不足時,需將舊書整理進行裝箱,並清空位置供新書上架。這不只是體力勞動,更是一種臨場判斷與分工協調的考驗。面對書本數量龐大與開本各異的情況,我學會如何依照體積與書籍

主題安排擺放順序，也了解到在書籍管理中，規劃能力與空間運用同樣重要。

我還參與了出口作業，協助將指定書籍裝箱寄送海外。在這過程中，必須考慮書籍在運輸途中的保護與穩固性，因此裝箱順序、封箱方法、標籤貼附位置等細節都不容馬虎。尤其在處理一些特殊尺寸書籍時，更需靈活調整排列方式，以達到空間最小化與保護效果最大化的平衡。

這些實務經驗大幅拓展了我對出版流程的認知，也讓我意識到，每一本書從編輯桌面到走進讀者手中，所經歷的不只是內容打造，更是一連串精密且有序的後勤流程。參與這些工作不僅讓我看見了出版業務的多元樣貌，也培養了我在壓力下保持細心、與人協作、靈活應對的實戰能力。

## （四）職場文化與溝通觀察

除了專業技能的累積，實習過程中也讓我深刻體會到職場文化的微妙與人際溝通的重要。許多看似平凡的互動情境，其實都蘊含著潛在的觀察機會與學習價值，這些「非正式課程」常常比工作本身來得更難，也更能反映出一個人的處世態度與應對能力。

有一次，我負責協助訂購並分送飲品。原以為這只是簡單的點餐與遞交任務，但實際上其中包含了許多溝通與協調的細節。例如需要事先確認每位同事的口味偏好與飲料

內容是否更新過、與店員確認訂單數量,以及取餐時間也需確保雙方理解一致。這些看似日常的互動,卻意外成為我練習職場敏感度與資訊統整能力的場合,也讓我明白「小事」往往才最能體現一個人的細心與態度。

在與同事們合作進行影片剪輯與簡報製作時,我也深刻感受到團隊合作的複雜與可貴。每個人對簡報排版與影片呈現的方式不盡相同,因此我們花了不少時間在統整格式、溝通內容與協調步驟上。我的角色主要是確認影片內容與簡報頁數是否對應、統一字體與版面配置與部分剪輯工作;其他同事則負責圖文調整與剪輯整合。我們像是一條出版流水線,彼此接力完成任務。起初可能意見分歧,但在一次次協調與磨合中,我們最終建立起默契,也提高了整體效率。這段過程教會我,溝通的核心並非堅持己見,而是尋求共識、尊重多元,並一起朝共同目標邁進。

這些職場中的人際交流與實務挑戰,不僅拓寬了我對工作的理解,也讓我培養了更敏銳的觀察力與更成熟的處世態度。出版業表面上看似只與文字為伍,實則每一步都需要與人密切協作,這段實習的經歷都將成為我未來受用的寶貴資產。

## 三、反思與成長

經歷了這段實習歷程，我深刻感受到，出版業遠不只是「出書」這麼簡單。每一本書的誕生背後，不僅凝聚了編輯、設計與行銷等多方人員的智慧與努力，也涉及大量細緻的行政與實務操作。我從一開始對流程毫無頭緒，到後來能夠獨立完成校稿、排版、熟練刷書建檔與進出口業務支援等，這樣的成長讓我看見了自己在學習吸收與實踐中的轉變。

回顧整個實習，我發現自己最大的成長來自「細節意識」與「自主學習能力」的提升。出版工作極度重視準確性與邏輯性，像是校稿時標示的細微差異、簡報設計中字體與圖像的協調、或是排版時標題位置的細節，都需要高度的注意力與耐心。這些看似瑣碎的部分，在實際操作中卻決定了成品的品質與專業度。在一次次修正中，我開始懂得從細節中建立標準、從錯誤中培養敏感度，這種對細節的敏銳也逐漸成為我的一種工作習慣。

另一方面，實習的開放性與彈性也讓我學會主動學習。因為出版工作橫跨多個面向，沒有明確的教科書指引，很多知識與技能都需要靠自己觀察、詢問、甚至主動爭取實作機會，在每一次任務執行的過程中主動提問、學習如何找出更有效率的做法。這樣不僅提升了我完成工作的能力，也強化了我對整體產業運作的理解。

此外，我也逐漸體會到軟實力的重要性，特別是在團隊合作與跨部門溝通的情境中。出版不是孤立的創作，而是一場集體協作的過程。與同仁協調簡報格式、與剪輯團隊討論畫面配置、甚至是在分送飲品這類日常小事中，都需要謹慎拿捏語氣、理解他人需求與適時表達自己的意見。這些互動讓我理解，真正的專業並不只在於技能的熟練，更在於能否在團隊中發揮作用、帶來穩定與價值。

最重要的是，這段實習讓我重新思考未來的職涯方向。原本我對出版產業僅有模糊的想像，透過這段實務經驗，我不僅看見了產業的實際樣貌，也更確定自己對內容製作、編輯整理、以及與知識相關的工作充滿熱情。如果說實習前我對萬卷樓的認識還停留在「安靜書香與個人專業」的想像，那麼經歷這段時間後，我更加明白了出版工作的真實樣貌——不僅是書桌上的編輯，更是團隊之間的協作、溝通與責任的承擔。

## 四　結語

這次實習不只是一次工作體驗，更像是一場對自我的探索與認識。在短短的時間裡，我經歷了從旁觀者到參與者、從學習者到貢獻者的轉變，也累積了許多課堂以外無法獲得的寶貴經驗。無論是對內容品質的要求、對細節的掌握，還是與人協作的默契與信任，都讓我受益良多。

出版是一條漫長且充滿挑戰的道路，但正因如此，它也充滿了成就與意義。能夠親身參與這個產業的運作、成為書籍誕生過程中的一份子，是一件令人感到榮幸的事，這段實習所帶來的啟發與成長，都將成為我前行路上的指引與養分，帶領我在未來的學習與職涯中持續探索、勇敢前進。

# 作者簡介

## 吳沛錞

#輔仁大學圖資四

#興趣：唱歌、追劇　　　#MBTI：JJJJ　　　#哪裡人：芬蘭

Q：MBTI 為什麼是 JJJJ 呢？

A：基本上自己測了比較多次都是 INFJ，N、S 區別不明顯曾經有一段時間是 ISFJ（但一直覺得自己比較像 INFJ），自認為是非常標準的 J 人，無論做什麼事都要詳細計畫，出去旅遊也是會規劃好所有時間，甚至是每個時間點要前往哪個景點，預計停留時間、交通時間都必須在旅遊前做好調查和安排的那種類型。所以無論其他的會不會改變，反正 J 人這件事是不會變的了。

Q：芬蘭人？是混血嗎？

A：不是，只是在一個會有聖誕老人出現的地方，所謂一年一度的歡樂耶誕城⋯⋯。

Q：實習期間印象最深刻的事情

A：應該是有一次總編請大家喝飲料，我和另外一位同學要負責點單的部分，我們在打電話給店員的過程中，遇到了很好笑的對話。

Q：是什麼呢？

A：我在點完單之後，店員問我是不是要今天拿，我心想不然是明天再來拿嗎，掛掉電話之後還笑了很久。但後來仔細復盤了一下發現好像也對，確實也會有人是需要提前一天先訂啦，不過我們杯數不多應該也不太可能，但當下完全沒想到，只是覺得很好笑，不得不說這也代表店員挺細心的。現在想起來還是覺得有點搞笑，所以可能才會在問到這個問題的第一反應想起這件事了。

Q：實習期間最喜歡的美食

A：我最喜歡的美食是 Sukiya 的熱熔起司牛丼，之前沒怎麼吃過 Sukiya，但實習吃完一次就完全愛上了，而且他還有迷你碗可以選擇。

Q：迷你碗份量不會太少嗎？

A：說實話，有一次迷你碗都沒吃完（不是開玩笑），對我這種小鳥胃來說迷你碗再適合不過了。每次在外面吃飯總是希望店家可以提供飯少的選項，因為大部分都是只有增量的選擇，我覺得店家應該也要考慮到我們食量不大的客群才對，Sukiya 正好滿足了我的需求，所以是我之後還會嘗試其他的品項的一家店。

# 出版，不只是書本

李宜蓁
輔仁大學圖書資訊學系

## 一　前言

　　對於長期以來對文字與書籍懷抱熱情的我而言，能夠進入出版社實習，是一次難得且極具意義的學習機會。這段經歷不僅讓我得以親身參與出版流程中的每一個實際環節，也讓我從操作與觀察中認識到出版工作的細膩與專業。過去我對出版的理解多半停留在書籍內容層面，然而，這次實習讓我明白，從稿件校對、行政作業、數位行銷到書籍物流，每一個步驟都是出版產業中不可或缺的重要組成。

　　在實習前，我對萬卷樓圖書出版公司的想像，是一個傳統而專注於學術出版的空間，編輯人員可能長時間埋首於稿件之中，工作環境則可能安靜中帶著嚴謹氣息。然而，實際走進萬卷樓後，我發現這裡的工作氣氛比我預期中更為溫暖與互動性，各部門之間也有頻繁的協作與溝通，工

作內容則涉及紙本與數位、傳統與創新，展現出這間出版社在時代中穩健轉型的能量。

透過與編輯、主編及各部門同仁的交流與合作，我不僅提升了自己的實務操作能力，也對出版工作的核心價值與未來發展趨勢有了更深入的認識與思考。

## 二　校對實務與語言敏感度的培養

編輯姐姐帶領我們了解校對工作的基本原則與常見問題，並且親自示範如何操作，讓我對這份工作有了初步的認識。一開始我以為校對只是找出錯字、標點符號等表層問題，但實際上，在逐字校對的過程中，我發現更重要的是語言的整體理解與邏輯判斷能力。

這樣的實作經驗讓我意識到自己先前對出版工作的想像，其實過於簡化。我原以為出版社的文字工作是孤立而靜態的，然而在萬卷樓實習的每一個校對任務中，我都要不斷提問、查證、判斷，並與編輯進行討論與確認。這種實際參與的過程，正是我過去在想像中忽略的。

雖然我負責的稿件已經歷過二校，但在細讀時仍發現幾個未被注意的用詞細節，例如用詞是否適當、標點是否統一、格式是否一致等。這些細節雖然不一定構成錯誤，但若未加以留意與修正，便會影響整體閱讀的流暢度與專業性。

舉例來說，有一篇文章中多次使用「……。」「……。」這類重複省略號加句號的標點，二校時部分內容已被標註要改為加頓號，但仍有其他地方未處理。我特地查閱資料後發現，這兩種寫法在中文中皆為可接受的格式，但為求整體一致性，建議統一使用文章中出現頻率較高的那一種。這樣的經驗讓我深刻體會到，校對不僅是一項細心與耐心的工作，更是一種語感、邏輯與判斷力的修煉。

　　此外，我學到如何處理註解內容的不一致問題。有一次，我發現前面幾篇文章中的註解將「同上書」改為具體書名，但後面的註解仍使用「同上書」，造成使用方式不一致。原本我以為這樣的修改比較精確，能提升閱讀清晰度，但詢問編輯後得知，「同上書」本身是可以接受且通行的註法，不需強行改寫。因此，我決定統一改回「同上書」，以確保全書註解格式的前後一致性。另一次校對中，我向主編請教一個問題：「如果一段文字中出現大量數字，是否應將阿拉伯數字改為國字？」總編指出，若全書中這類情形不多，為維持語文風格的一致性，可以考慮改為國字；但若數字出現頻繁，則應以維持閱讀的流暢度為原則，可保留阿拉伯數字。這樣的討論讓我學到，出版標準並非一成不變的規範，而是需要根據實際內容進行彈性且理性的判斷。

## 三 出版流程與行政實務操作

除了語言文字的校對工作外，我也接觸到許多與出版流程相關的行政操作內容。這部分原本我相當陌生，但在編輯姐姐的耐心帶領與說明下，逐漸熟悉並且學會了許多實用的技巧。

在實習之前，我從未想過一名編輯也需要處理這麼多行政細節，甚至必須親自上網申請 ISBN 與 CIP。原本在我的想像中，這些繁雜作業應屬行政專員的範疇，但萬卷樓的實際工作模式打破了我對職務分工的刻板印象，也讓我更理解編輯人員在整個出版環節中的多重角色與重要性。

例如：我學會如何在線上申請「國際標準書號」與「出版品預行編目」。原來每一間出版社只能使用一個帳號來申請這些編目資訊；若申請時未同時處理，日後再補申請還需要重新作業，因此一次完成是最有效率且避免疏漏的方式。這讓我了解到出版背後的資料系統與文獻管理，不僅攸關效率，也是一項書籍正式出版所不可或缺的重要步驟。

在完成稿件校對後，我也學會了如何將紙本資料掃描成電子檔的實務流程。雖然我過去在補習班有過基本的影印機操作經驗，但在公司實作時仍感到有些緊張，結果第一次忘了按下「雙面掃描」鍵，只好重新操作一次。幸好這次

的掃描工作並不複雜，也沒有浪費太多時間。這件小事讓我更加明白，實務經驗固然重要，但細節的留意與每一步的反覆確認，同樣是工作效率與品質的關鍵。

## 四　數位行銷與新媒體操作經驗

這次實習也讓我初次接觸到「微信書訊」的推廣工作。編輯姐姐教我們如何使用「秀米」這個網站來製作書訊內容，並將完成的內容貼至「微信公眾號」上進行發布。初次嘗試時，我忘了加入分隔線與調整段落間距，幸好在預覽階段及時發現，才立即進行修改並完成修正。後來也遇到圖片上傳失敗的狀況，讓我一時不知所措，但經過多次嘗試後終於找到方法，只要先儲存草稿，再將內容複製貼上即可解決問題。這次實作過程雖然有些小挫折，卻也讓我逐步掌握數位平臺的操作邏輯與解決問題的應變能力。

回想實習前，我對出版社的印象依舊停留在紙本出版為主的傳統形象，認為編輯日常應是以書籍內容為中心，較少涉入數位推廣領域。然而萬卷樓實際的工作安排讓我驚訝地發現，數位行銷與新媒體早已成為出版工作不可或缺的一部分。即使是擁有長久歷史與學術特色的出版社，也積極嘗試透過微信等新興平臺接觸讀者，展現出出版產業與時俱進的靈活性與行動力。這樣的轉變不僅顛覆了我對出版的舊有認知，也啟發我思考未來若進入出版或相關

產業，應該如何將數位能力納入自己的專業養成。

這些看似與傳統文字無關的操作，其實正是當代出版工作中不可或缺的一部分。隨著閱讀習慣的轉變，出版品早已不再侷限於紙本形式，而是逐漸發展為結合數位媒體與社群平臺的多元化內容行銷。透過這些實際操作的練習，我不僅提升了網路工具的應用能力，也更深入理解如何讓書籍內容透過適合的媒介更有效率地傳遞給目標讀者，進而提升作品的可見度與影響力。

## 五　書籍流通與物流支援實務

除了辦公室的日常工作，我也曾數次前往出口部支援，參與書籍進貨與裝箱流程等實務操作。這些工作乍看之下像是純粹的體力活，但實際上對於細節的要求極高，稍有不慎便可能影響後續流程的正確性與效率。進貨時，我需要一箱箱拆開書籍包裝，逐本核對數量，並依據書籍的樣式與類別進行分類，放置於書車上，以方便後續的掃描與入庫流程。這樣的經驗讓我更加理解，物流流程雖身處產業後端，但其實與出版品的完整流通緊密相連，缺一不可。

在實習之前，我從未將物流與出版工作劃上等號，總以為書籍送至書店是由外包物流公司完成，出版社的責任大概止於書印完為止。但在萬卷樓的實際工作經驗卻讓我

理解到，從裝箱、標記、核對書目到處理遺漏，每一項工作都由出版社內部人員親自完成。這種「自己動手完成每一環」的態度展現了萬卷樓對品質的堅持，也讓我深刻體會到出版流程的最後一里路其實最容易出錯，也最需要耐心與細心。

在出口部的工作中，我學會了如何根據 Excel 書單逐項核對書號、記錄裝箱數量與標記箱號。某次裝箱時，我發現有兩本書未送到，造成書單與實際書目不符。由於當時時間緊迫，我只能先略過這兩本書，並在之後再補處理。這個小插曲讓我深刻體會到資料準確性與物流作業一致性的重要性。

後來，我也有獨立完成從夾編號、貼貼紙到裝箱的整個流程的經驗。一開始我不太確定書籍能不能不依順序按較好裝的大小裝箱，卻也未主動詢問出口部的同事，導致裝箱順序出錯，編號跳號，最終不得不請同事協助重新拆箱整理。這次失誤讓我學到一個重要的職場原則，當遇到不確定的工作內容時，絕對不能依靠猜測，應主動發問、確認細節，才能確保流程正確無誤。否則一個小小的錯誤，就可能引發更大的工作量與後續困擾。

## 六　從總編的分享中學習職場觀念

　　實習期間，總編不僅在專業領域上給予我們諸多指導，也經常與我們分享關於職場的觀察與建議，讓我們能從中學習到許多實用的軟實力。總編在某次分享中提到，有些公司會讓新進員工幫忙點飲料，藉此觀察其細心度與應對能力，也順勢創造新人與同事互動的機會。藉著一次實習中的飲料點餐經驗，我們也學會公司內部「先點誰的」順序與相應的職場禮節，這些看似瑣碎的細節，其實正是企業文化與人際互動的展現，也是融入職場的重要過程。

　　我原以為出版社的工作多與文字為伍，較少有機會接觸到組織運作與人際互動，但萬卷樓的職場氛圍讓我看到一個完整工作場域該有的溫度與彈性。從總編分享日常小事的幽默中，我學會不少處世之道，也漸漸理解到出版工作者所需具備的不僅是知識能力，更需要觀察、溝通與判斷的綜合素養。

　　此外，總編也曾與我們分享履歷與自傳的撰寫技巧。總編認為 HR 在短時間內無法仔細閱讀每封履歷，因此自傳不必長篇大論，反而應該控制在三百字內，使內容更加清楚有力。若求職者真的對某間公司有高度興趣，也可以主動將履歷寄送至公司信箱，而不只透過求職平臺投遞。這些具體而實用的建議，讓我對未來求職準備的方式與

策略有全新的理解與方向，也更加意識到主動性與精準表達的重要性。

## 七　出版產業的轉型與我對未來的想像

　　某個下午，總編與我們進行一場關於出版業轉型的深度分享，內容涵蓋活字印刷的歷史演進、一九六〇年代到一九九〇年代出版業的黃金期，到網路與數位媒體興起後所帶來的衝擊與變革。這段演講讓我了解到，雖然出版業在科技發展的浪潮中面臨嚴峻挑戰，但也因此孕育出電子書、數位出版平臺與社群行銷等新的可能與機會。未來的出版人不再只是文字的守門人，更需要同時具備媒體整合、內容經營與市場行銷的跨域能力。

　　這樣的分享讓我回想起自己初來實習時，仍抱持著出版業「穩定、傳統、專注紙本」的想像，而如今在萬卷樓的日常觀察與親身參與中，我看見的是一個願意擁抱改變、積極試圖調整方向的出版現場。從選題類型的轉變，到數位操作的推進，再到跨平臺推廣的策略，我所見的萬卷樓，正一步步在經典與創新之間尋找平衡。

　　這一次的深度分享讓我深刻體認到，無論未來是否繼續走進出版業，持續學習、靈活應變與擁抱改變，將是我進入任何職場都不可或缺的核心能力。而這種「出版思維」

——結合細節、邏輯與創意的綜合判斷，也將在未來職涯中持續陪伴我前進。

## 八　結語

這次的實習機會讓我深刻體會到，出版並不是由單一職務拼湊而成的工作，而是一條橫跨內容創作、編務校對、編目申請，到行銷物流的完整產業鏈。在這段實習時間裡，我不僅學會專業的校對技巧與數位工具的應用，也理解到職場中溝通協調的重要性，以及對細節與責任的高度重視。

從原本對出版社的書面想像，到親身參與萬卷樓各項實務工作的落地經驗，這段過程讓我不只認識出版業，更是重新認識自己對未來職涯的定位與期待。我非常感謝能夠獲得這次寶貴的實習機會，讓我得以實際走入一個自己長久以來感興趣的產業，深入了解出版背後的運作機制與工作樣貌。未來無論我是否繼續朝出版方向發展，這段經歷都將成為我職涯中重要的養分與基石，持續影響我的專業成長與職場態度。

# 作者介紹

## 李宜蓁

#輔仁大學圖資四
#興趣：拍攝風景　　#MBTI：快樂小狗　　#哪裡人：撒旦城

Q：為什麼說是快樂小狗呢？

A：永遠不會把不好的情緒留太久，然後身為唯一的 E 人要適當的活躍氣氛。

Q：為什麼說自己是來自撒旦城的呢？

A：新北歡樂耶誕城大家都是聽過的吧！身為在地人真的很想它停辦，每到耶誕節坐車經過都是塞爆，人也多到炸，不是撒旦城是什麼。

Q：實習期間印象最深刻的事情

A：有人天天不小心說錯話得罪人，例如：說我很小隻。（我們都是開玩笑的沒真的得罪到人）

Q：實習期間最喜歡的美食

A：與同事們一起去吃的拉麵，熱騰騰的拉麵不僅帶來味覺上的滿足，更凝聚了彼此在工作之餘的情感連結，成為實習旅程中溫馨而難忘的片刻。

# 字裡行間的萬卷旅程

謝佩芸
輔仁大學圖書資訊學系

## 一 前言

身為圖資系的我,在校內多半都是接觸關於圖書館的事物,想要透過這次實習認識有別於一般圖書館的環境。然而,對於文字的編輯、出版流程以及書籍背後的製作與推廣工作,有著極大的興趣與好奇心。因此,在大三升大四的暑假期間,有幸能夠前往「萬卷樓」進行為期十五天的實習旅程,開始一段實際參與出版產業運作的寶貴經驗!

在實習之前,曾經聽過學長姐於系上實習發表會對萬卷樓的簡單介紹,並透過網路查詢相關資料,對其出版方向與規模有初步了解;此外,因家人工作地點就在萬卷樓附近,也稍微熟悉周邊環境。當時我對萬卷樓的想像,是一間位於住宅區大樓中的商辦出版社,內部應該劃分為不同部門,有著專業的編輯空間與一處大型書籍倉庫。實際來到萬卷樓後,整體環境與原本的印象大致相符,但最讓我驚喜的

是六樓的門市空間，竟也融合在辦公區域內，雖然空間不算寬敞，卻散發出一種「小而美」的溫馨氛圍。這樣的第一印象，也為這段深入出版現場的實習經驗開啟了嶄新的篇章。實習對我而言，不僅是一個學以致用的實踐機會，讓我得以一窺書籍從原稿到成書的完整流程，更有機會親自參與編輯校對、對紅、進出貨處理等等多元的工作面向，實際體會各部門間的協作關係，也同步在學習職場溝通與協調技巧。

在實習期間，逐一記錄所見所學的過程、心得與感受。藉由這些紀錄，把所獲得的寶貴經驗匯集整理，作為未來職涯選擇與規劃的重要參考與回顧依據。

## 二　編輯與校對：文字背後的精雕細琢

初來乍到，我所接觸到的第一項重要任務即是參與書籍稿件的校對工作。萬卷樓出版的圖書多屬學術類型，內容專業性極高，對文字的要求必須格外嚴謹，標點符號、語句通順與用詞恰當均不容馬虎，因此在校對時必須保持高度的專注與細心。

實際校對的過程中，若遇到不確定的部分，我會先用鉛筆將不確定的小地方提醒註記，而後和編輯討論確認後以紅筆在稿件上標示錯字、標點符號錯誤、語意不通或用詞不當之處，並不斷細讀以確認語句間的邏輯是否銜接順暢。反覆閱讀與檢查的過程讓我深刻體會到「細節決定成敗」這句

話的真正涵義，每一個微小的錯誤若未被及時發現，都有可能影響整本書的品質，甚至誤解作者原先想表達的意思，這些疏漏都關乎出版社的專業形象與讀者的閱讀體驗。

　　一次令我印象深刻的經驗，是在校對稿件時發現內文的「舊」字誤植成草字頭寫法的錯誤。起初我們以為這是電腦字體設定所致，與編輯經過討論後，確定是錯字問題，立即做出更正並在封面上加以標註，這樣的經歷讓我體會到出版流程中的「最後關鍵」，無論錯誤多麼細微，成書之前都必須發現並修正，這是對讀者負責，也是秉持出版品質的堅持與尊重。除了細心查錯外，發現每位編輯在面對同一段文字時，常常會有不同的語感與判斷標準，稱之為「編輯意識」，這使我認知到校對工作並非僅是機械式地找錯，更是一項需要文字敏銳度、理解以及出版領域的專業職能。透過實際參與校對工作，對於文字處理的認識不再停留於基本階段，而是實際體會到背後所蘊含的職業精神與嚴謹態度。

## 三　對紅與排版：建立一本書的細節秩序

　　完成幾次校對階段後，下一個關鍵環節是「對紅」，亦即將紙本稿件的修改內容與電子檔版本進行比對，確保所有校對結果均被正確地反映到最終版面上。對紅這項工作需要絕對的專注力和細心程度，因為任何疏忽都可能導致印刷錯誤。學習如何有效運用作業空間，一側是已完成

修改的電子檔，另一側則是拿著手寫標註的紙本稿件，仔細地核對兩者是否相符，確認標點符號是否調整到位、錯字是否完全更正、目錄頁碼是否正確等。若電子檔發現漏改的地方，必須再以鉛筆在紙本稿件上標示清楚，隨後告知編輯加以調整。

除了對紅外，我們也學習了排版的基本操作，理解段落格式、字級設定、行距調整、標題與內文樣式統一的重要性。透過實作，我得以明白一本書的版面設計如何從無到有，從零開始，逐步建立視覺與閱讀秩序，提升整體閱讀體驗。雖然仍處於初學階段，但這些基礎知識對於未來若從事出版或文書相關工作，都將是非常重要的助力。

## 四 出版實務入門：申請 ISBN 與 CIP、書籍裝訂選擇

我們學習 ISBN 與 CIP 的申請流程，從基本需要填寫的資訊開始說明，同時也針對書籍裝訂的方式進行補充解釋，若有特殊裝訂需求（例如：論文常使用的圓背裝訂），就需要再與作者本人討論確認。另外，有同學提出為什麼市面上常見同一本書會有兩種不同的裝訂版本？對此，編輯解釋，雖然精裝版的價格較高，但圖書館普遍偏好收藏精裝書籍，因此會出現兩種版本。接著我們也實際操作國家圖書館的網站，了解申請流程，在申請前，必須準備好所有書籍資料，以利填寫時更有效率、不手忙腳亂。

## 五　從手忙腳亂到順利上手：微信公眾號製作

　　製作「微信公眾號」進行書訊推廣。編輯先向我們示範整體流程，讓我們了解各項操作步驟後，再由我們親自為每本書製作書訊。初次接觸這個平臺，因不熟悉操作介面，一度手忙腳亂，也擔心遺漏資訊或發生排版錯誤。書訊製作的第一步是透過「秀米」平臺進行版面設計的草稿，完成後將內容導出至微信公眾號的後臺做最後確認，即可發佈。製作前需先查詢是否已有該書的書訊，避免重複作業。設計時，我們可以依據書籍主題自由調整排版格式與視覺風格，提升呈現效果。然而在實作過程中也遇到一些技術問題，例如圖片無法正常顯示或消失，導致作業中斷，耗費不少時間。後來我們改用複製貼上的方式取代逐一從資料夾上傳，才順利解決問題。雖然整天下來相當忙碌，但能成功完成多篇書訊，感到十分有成就感，也因此更理解各平臺在書籍推廣上的應用和製作方式。

## 六　從選擇出發與出版轉型：職場文化的觀察和學習

　　梁總在始業式中的勉勵，讓我對「人生的選擇」以及「面對選擇的態度」有了更深一層的省思。他提到，每一個選擇都會導向不同的結果，而這些結果背後，其實體現

的是一個人的價值觀與人生目標。對於即將離開校園、邁入職場的我們來說，難免會感到迷惘，甚至懷疑自己所選的道路是否正確。然而，過程中逐漸體會到，重要的不是選擇的結果是否完美，而是我們是否勇敢做出選擇，並堅持走下去。正如那句話所說：「選擇我所愛，愛我所選擇。」每一條路的出現都有其意義，不必過度焦慮，只需按照自己的節奏穩步前行。態度往往比能力來得更為關鍵，能夠以積極、學習的心迎接挑戰，才是通往未來的關鍵。選擇不是一時的抉擇，而是一場長期的堅持與不斷修正，提醒我們重新審視自己的方向與態度，讓我對未來多了一份堅定與自信。

除了在人生選擇上的啟發，總編也分享了出版產業在數位時代下所面臨的挑戰與轉機。和其他產業一樣，出版社必須因應數位化浪潮作出調整，其中「拓展市場」成為不可忽視的策略。原本我以為電子出版必然優於紙本，但總編的說明讓我看見更深層的產業現況，他指出，出版一本書需要投注大量時間與人力，而電子書平臺卻只需短時間便可上架，卻與出版社平分利潤，這對出版方而言是一項沉重負擔。更何況，數位出版還牽涉到版權管理、平臺技術與閱讀裝置等多重因素。雖然電子書逐漸普及，但多數讀者仍偏好紙本閱讀，這也使出版社傾向於延緩全面電子化的進程。另一方面，數位印刷技術的發展則帶來了更

多彈性與效率,相較傳統印刷需負擔倉儲與物流成本,數位印刷不僅降低印製費用,也能即時控管庫存,並直接將書籍送達客戶手中,大幅減少運輸開銷。透過總編的分享,我對出版業的實務操作與市場應變能力有了更深入的理解,也看見平時難以察覺的產業細節,收穫良多!

在實習期間,總編交付了一項看似簡單卻別具意義的任務,那就是「協助訂飲料」。過程中不僅要隨時記錄每位同事選擇的品項,還需注意甜度、冰塊等個人喜好,送出訂單前更要仔細核對,避免遺漏或出錯。這項任務讓我實際體會到,總編所強調的:「公司可以從一個人處理細節的方式,看出他對待工作的態度與責任感。」他進一步提到,許多公司會透過這類小事來觀察新進員工的工作能力與細心程度。或許我們在學生時期也有訂飲料的經驗,但在職場上,每一個看似簡單的任務,都可能成為公司評估你是否適任的重要依據。透過這次經驗,體會在瑣碎中看見專業,也因此更謹慎地面對每一項交付的工作。

## 七　結語

透過這段實習的歷程,我對於出版產業的整體運作流程有了更加清晰且具體而深刻的認識。從書籍誕生之前的稿件校對,到對紅與排版這些層層把關的環節,再到書籍的進貨、出貨以及職場小細節,每一個工作環節都環環相

扣、相輔相成，缺一不可。這讓我充分明白，書籍之所以能夠順利抵達書店及讀者手中，背後是凝聚了無數人辛勤付出與細心協作的結果，每個崗位都不可輕忽，彼此相互配合，才有最後呈現的成果。

這段實習經歷不僅加深了我對出版工作的全面認知，也在自己未來職涯的方向與志向有了更明確的想法。喜歡在校對與排版過程中發現錯誤並加以修正所帶來的成就感，這些工作讓我感到無比充實且具有深遠的意義，彷彿自己為一本本書籍注入了生命力與靈魂，這樣的體驗十分珍貴且值得珍惜。此外，在實習期間，我學會了如何更有效率地規劃與處理工作任務，培養了主動觀察問題、積極詢問以及把握住機會的職場態度，並逐步建立起面對各種挑戰的自信心。從最初的生疏與忐忑不安，到後來能夠獨立完成指派任務，這段短暫但充實的實習經歷可說是十足珍貴的成長歷程。

最後，很感謝萬卷樓，給予我這次寶貴且難得的實習機會，讓我不僅僅是在「閱讀一本書」，而是真正「參與書的誕生」，也要謝謝每一位在實習期間指導與協助過我的同事們與一同實習的夥伴們。無論未來是否選擇從事出版相關工作，這段實習旅程將成為人生中一個不可或缺、珍貴且深刻的重要篇章，對未來發展有著長遠且正面的影響！

# 作者簡介

## 謝佩芸

#輔仁大學圖資四
#興趣：聽音樂　　　#MBTI：ISFP　　　#哪裡人：新北市

Q：你是 I 人還是 E 人？

A：I 人是 E 人的玩具，所以我是 E 人的玩具。

Q：你是哪裡人？

A：雖然不是騎貢丸的新竹人（聽說新竹人都有貢丸駕照），但是個土生土長的新北三重人。

Q：實習期間印象最深刻的事情？

A：（聊天中）夥伴 1 問：「妳的 MBTI 是什麼？」
夥伴 2：「我是#$@%$#@……」
夥伴 3：「蛤？！蔥油餅？！」
於是夥伴 2 的 MBTI 就是蔥油餅了！（已讀亂回但是好餓）

Q：實習期間最喜歡的美食？

A：夥伴們挖掘到的一家麵店（超級好吃！！！）

# 轉瞬間的萬卷之旅

廖于嬅
輔仁大學圖書資訊學系

## 一　初識校對——與細節面對面

　　剛進入萬卷樓時，我接觸到的第一項工作就是校對。對於外行人而言，校對看似只是「抓錯字」，但實際操作後才發現，這是一門需要高度專注與細心的技藝。

　　一本書在出版之前，會經過許多環節的處理，而校對是其中最基礎卻也最重要的一道防線。從兩岸用詞的差異，到數字是該轉換成文字，還是保留阿拉伯數字；從繁簡轉換中可能出現的細小誤差，到年份格式該如何統一……這些都需要逐一檢查。任何一個小錯誤，都可能破壞整本書的閱讀體驗。

　　剛開始時，我的速度很慢，除了尚未熟悉校對規則外，常常為了一行字來回確認好幾次。但林編輯告訴我，校對的目的不只是為了「沒有錯誤」，而是要讓讀者在閱讀時不被

干擾，專注在作者的文字與思想上。這句話讓我開始理解到，校對是一種無形的守護。每一次反覆比對，都是在和自己的粗心搏鬥。當我發現前面已經改好的地方，後面卻沒有跟著修改，那種挫折感特別強烈。但也正因如此，我逐漸培養出一種責任感：既然書籍要以最完整的樣貌呈現給讀者，我就必須為這份細節負責。

除了內文之外，我還學習到封面其實也需要校對。從設計位置的擺放，到字體的選擇，再到與內文的一致性，這些都需要編輯和設計者之間不斷討論。我原以為封面只是美感的展現，但實際上它也承載著系列書籍的統一性與辨識度。我覺得這部分特別有意思，因為它不像內文那麼嚴肅，而是允許編輯提出想法、發揮彈性，和設計師進行討論。

我印象最深刻的是林編輯介紹不同封面材質時的說明。銅版紙是最常見的選擇，因為印刷效果穩定、成本控制容易；美術紙則有不同的紋理，觸感和質感更佳，但相對比較脆弱，容易受損；再加上印刷工藝的不同，例如水光膜、霧面膜、燙金或反光效果，都會直接影響讀者的第一眼印象。當時我心裡就產生一個疑問：出版社如何在「成本」與「質感」之間做出取捨？這個問題雖然還沒有答案，但卻為我後續的學習埋下了伏筆。

其中一次，我第一次帶著疑問去和總編討論校對的問題。那天我們聊到了數字的使用方式：文章裡的阿拉伯數字

若以半形顯示，會顯得突兀，因此一般會改成全形國字；但如果是統計數據或長串數字，全部改成國字反而讓人難以閱讀，所以會保留半形。這樣的細節原本在閱讀時可能不會特別注意，但實際操作後才明白，這些都是為了提升閱讀體驗而設計的規則。

括號的使用也有同樣的考量。總編解釋說，括號內的數字大多是補充說明，不會特別去更動；而年份的標註方式，則必須統一格式，這部分會由編輯來決定最終的標準。這些看似瑣碎的細節，卻是一本書專業感的重要基石。我在這些對話中學到的不只是技巧，而是一種「編輯態度」：不論讀者有沒有注意到，編輯都必須為細節負責。

過去在學校寫報告時，常常只求能準時交差，格式或小地方並不會太在意；然而，在出版社裡，這些看似瑣碎的小細節，卻正是專業感的基礎。也正因如此，我開始重新檢視自己的工作方式，學會對每一個細節負責。

在接近實習後期時，我認識到稿件出版前會有份「出版稿件點檢表」的檢驗工作。這是一份細緻到幾乎涵蓋所有細節的檢查清單，必須逐一確認書籍資訊是否正確完整。我才真正體會到，出版的嚴謹是如何被制度化的。這份清單就像是一道最後的防線，確保成品在進入市場前沒有任何瑕疵。

我還記得有一次，在做最後檢查時，發現某些年份的標

註前後不一致。這種小細節若沒有被發現，讀者雖然不一定會察覺，但卻會破壞書籍的專業度。這讓我明白，「最後檢查」不只是例行公事，而是專業態度與責任感的展現。這種循環看似繁瑣，但卻是品質的保證。我覺得，這種訓練對未來不論從事何種工作，都是一種很重要的能力。

## 二 推廣與公眾號——出版的另一個戰場

在出版流程中，校對只是其中的一環。出版前還有一項很重要的工作，便是申請國際標準書號 ISBN。

這是出版業的必經程序，每一本書都必須有一組專屬編碼，才能正式上市。雖然申請的步驟並不複雜，但需要填寫許多細節，像是書籍的類別、出版形式、定價等等，就像在幫一本書申請身分證一樣。這讓我意識到，出版並不只是「完成一本書」那麼簡單，而是有一整套制度在維持市場的秩序。ISBN 就像書籍的身分證號，沒有它，就無法正式存在於出版體系中。

除了製作書籍本身，我也接觸到出版社的宣傳工作。萬卷樓主要透過微信公眾號向對岸推廣書籍，而在臺灣則以臉書為主。我實際操作了公眾號，學習如何將書籍的簡介與目次整理成貼文，一篇貼文通常包含八本書，七本舊書加上一本文新書。

排版的部分會先在「秀米」完成，再貼到公眾號上。雖然只是複製貼上的簡單操作，卻是出版社和讀者之間的重要橋樑。一本書如果沒有被看見，就等於沒有存在過。內容固然重要，但如何把內容傳遞出去，同樣是出版業的一大課題。

　　在這個過程中，我也聽總編分享了他關於善本古籍的故事。他曾經以低價收購到極具價值的古籍，後來再以高價出售，獲取了相當可觀的利潤。但他強調，這並不是單純的投機，而是建立在對書籍價值的判斷力與人脈的基礎上。這讓我想起一句話：「人沒辦法賺到自己認知外的錢。」至今仍讓我印象極深。

　　如果沒有足夠的知識與眼界，即使機會擺在眼前，也無法看見它，更別說把握住了。出版業本質上就是知識的產業，而身處其中的人，更需要不斷拓展自己的認知，才能在這條路上走得更遠。

## 三　流程之外的體驗——從業務部到封面設計

　　除了與出版流程直接相關的工作，我也在不同部門支援過。像是幫忙整理六樓的書架、清點庫存；支援業務部進行資料整理與建檔，從中熟悉 Excel 的應用也提升資訊檢索的能力。某天我被安排到出口部幫忙，才真正體會到書籍

「離開出版社」之前的最後一哩路。裝箱看似簡單，但其實有一套規矩：膠帶要怎麼貼才會牢固、書籍要如何擺放才能避免受傷、箱內書籍資訊的標示要怎麼貼才不會被遮擋。這些細節都直接影響到書籍能否順利送到經銷商手裡。

雖然只是短短半天的經驗，但我覺得這是出版業的另一面：它不只是文字和設計的藝術，也是物流和效率的管理。書籍不只是內容產品，更是「貨物」，必須經過妥善的處理才能真正進入市場。

除此之外，令我印象深刻的是與編輯一同討論封面設計。那時我開始接觸 Illustrator 與 Photoshop 的軟體應用，學習如何在版面上平衡文字與圖像。雖然我還只是初學者，但透過查詢資料並與編輯討論，我逐漸理解一本書封面的誕生過程。

我原以為封面只是單純追求「美觀」，但實際參與後才發現，設計背後其實有著清楚的規則與邏輯。封面不只是外在裝飾，更承載著書籍的定位與價值，它決定了讀者對一本書的第一印象。這讓我意識到，在出版業的每一個環節裡，無論是編輯、校稿還是設計，都圍繞著同一個核心問題——如何讓書籍真正被看見。

這些看似零散的任務，其實都讓我更全面地認識了出版業。出版不是只有編輯在做文字工作，而是一個需要各部

門協作的龐大體系。從文案、設計、編輯，到行銷、業務、物流，每一個環節都不可或缺。

## 四　出版產業的脈絡與挑戰

透過總編的課程分享，我對出版業的整體狀況有了更清楚的理解。大型出版社往往採取家族化經營，這確保了公司的穩定性，但同時也壓縮了員工的晉升空間。很多編輯即使能力再強，也難以往上發展。加上出版社大量仰賴外包，不論是封面設計、排版還是裝幀，都需要和外部合作，這使得編輯必須同時扮演協調者的角色。

在薪資方面，總編分享，一般編輯的起薪大約三萬到三萬五之間；而有經驗的編輯，薪水則取決於同時能處理多少本書。出版是一個講究效率與產能的產業，速度與品質兼顧的人，才能真正累積價值。這聽起來雖然現實，但卻是產業的真實樣貌。

在書籍的成本結構上，印刷費大約佔定價的四分之一，彩頁與黑白頁的價差甚至高達四倍；編輯費用則約佔百分之十五到二十。經銷商抽成後，出版社往往只剩下四五折的利潤。因此，書籍的定價必須在成本與獲利之間找到平衡，否則難以永續經營。這些數字讓我更深刻地理解，出版不只是文化理想，更是一門現實的生意。

## 五　結語

　　轉瞬之間，在萬卷樓的實習旅程已經劃下句點，回想起來，短短幾週卻把整個出版流程快速瀏覽了一遍。剛進入時，我常覺得自己像是誤闖一個未知的世界，許多規則、流程、制度都讓我感到陌生。但隨著逐步參與，從校對任務到封面設計；從資料建檔到出口部裝箱，每一個環節都讓我體會到出版不是抽象的文化理想，而是一門需要專業、細節與協作共同完成的工作。一本書能出現在書架上，背後是一群人無數次的確認、討論與妥協的成果。

　　這段實習經驗對我而言，就像一次「縮時攝影」般的學習。不只是更新了我對出版產業的認知，更讓我了解到，只有持續拓展自己的眼界與能力，才能讓自己在任何環境裡保持成長。或許這些體悟，將會在未來的道路上，成為我最珍貴的養分。

# 作者簡介

## 廖于嬅

#輔仁大學圖資四

#興趣：手作、看漫畫　　　#MBTI：ISTP　　#哪裡人：高雄

Q：**實習期間印象最深刻的事情**

A：第一天到萬卷樓就開始蟲蟲奇遇記，首先是介紹環境的時候，剛提到牠有出現的可能性，牠就出現了。實習日子才剛開始兩天就出現五次，瞬間產生了乾脆放棄實習的念頭。

Q：**實習期間最喜歡的美食？**

A：應該是享滋鐵板燒，嫩煎雞腿排真的非常好吃。但缺點就是午餐時間很太短，對吃飯需要多一點時間的人來說有點痛苦。（冬瓜茶可以喝到飽真的很讚。）

Q：**對@昀蓁同事常常稱讚我很香有甚麼看法？**

A：充滿既視感，已經不是第一次發生，但還是受寵若驚。很高興這個味道備受喜愛。

Q：**對於這次實習有留下什麼遺憾？**

A：我覺得最可惜的是沒有去印刷廠或其他科技公司參訪，其實這是我最一開始的實習動機，不過在萬卷樓也收穫了不少，有稍微彌補一些失落。

# 我只想睡飽再來啊！

丁信智
輔仁大學圖書資訊學系

## 一 早上起不來：從慌亂到適應的日常節奏

剛開始實習時，最困難的並不是編輯任務本身，而是如何調整自己的生活作息。長期以來，我的作息比較自由，沒有固定的早起習慣，所以一開始每天早晨都顯得有些慌亂。趕著起床、洗澡刷牙、騎車、進公司，常常在心裡暗自祈禱不要遲到，但每次卻不如預期，雖然實習生的身份讓編輯們不會過度苛責，但我很清楚進入職場後這樣的狀態是不可能被接受的。因此，每一次匆忙趕到公司，其實都成為一種提醒，逼迫自己調整節奏。

這段適應過程，對我來說不只是作息的調整，更是一種自我管理的訓練。它提醒我，進入職場後，沒有人會等你慢慢習慣，節奏是現成的，你如果不調整自己，就會被節奏甩在後頭。對我而言，能夠逐漸把每天的慌亂壓到最低，已經是一種小小的勝利。

同時，這種轉變也讓我開始理解「職場節奏」的意涵。它並不是死板的八小時打卡，而是一種持續進行的狀態。每天進公司就像是按下錄影鍵，你要隨時準備好，隨時調整好，不然可能在一開始就錯過了重點。這樣的體會，讓我後來在應對稿件或專案時，不再因為一點小狀況就慌亂，而是提醒自己「早上都能克服，這些也能處理好。」

　　這段經驗聽來或許平凡，但對我而言卻是一個轉折。過去的我習慣熬夜，總以為只要能完成手上的事就好，卻忽略了時間管理與自律的重要性。透過實習，我開始理解「守時」並不只是一種禮貌，更是專業表現的一部分。當每天早上能夠準時抵達公司，我在心態上也能夠更快進入工作狀態，而不是還帶著一種未清醒的倦怠感。雖然這樣的調整過程看似只是生活小節，但我想這正是實習能帶給我的潛移默化。

## 二　編輯編什麼：校稿、書號與行銷的多重實踐

　　一開始進入出版社，我以為編輯的工作就是「編書」，單純處理文字，負責將稿件修飾得更完善。然而隨著實習的推進，我才逐漸發現，編輯工作並不是只有「校對」這麼單純，實際參與之後才明白，編輯更像是一個「樞紐」，整合各項流程，確保一本書能順利誕生。校稿固然是最基本的職責，但在文字背後，還有許多和出版產業相關的流程，例如：書號申請、封面設計的溝通，以及書籍上市後

的行銷規劃。

校稿的工作，乍看之下只是重複檢查錯字或語病，但實際操作後才知道，這是一種需要高度專注與耐心的工作。有時候一篇文章看了三四遍，仍然可能遺漏一些小地方。而在不斷的檢查與修正的過程中，我也逐漸體會到，校稿並不只是找錯字，而是要兼顧語氣是否流暢、內容是否符合整體架構，甚至還要考慮讀者能否理解。這樣的過程雖然繁瑣，卻讓我養成了更加細膩的觀察力。

除了校稿，我也有機會接觸到書號申請等行政性工作。雖然看似與文字無關，但卻是一本書能否正式上市的必要程序。當我第一次學習如何操作時，心裡其實有點驚訝，原來一本書要「出生」還需要這麼多背後的行政程序。這些任務雖然繁，卻讓我對整個出版流程有更完整的理解。

行銷的部分則是我覺得最有趣的一環。出版社不像其他產業一樣能透過強烈的廣告轟炸去推銷產品，而是需要找到適合的讀者群，並以最恰當的方式推薦。從撰寫書籍簡介到思考社群貼文的呈現方式，我發現編輯其實也肩負著「行銷」的角色，就像是橋梁把書籍與讀者連結起來。這樣的體驗讓我重新理解編輯工作的多樣性，也讓我更珍惜這些看似不起眼卻很重要的任務。

## 三　中午吃什麼：例行之外的生活插曲

　　午餐時間看似和實習無關，但卻是我每天最期待的片段。出版社的工作節奏大多安靜而穩定，中午則是一個能夠稍微放鬆的時刻。有時候和同事一起外出用餐，有時候自己簡單吃個東西，這些看似平常的選擇，卻也是我在實習過程中最直接的生活體驗。

　　剛開始，面對與同事一同用餐的情境，我其實有點不自在。畢竟自己是實習生，怕無法加入話題，或是不知道該如何參與團體活動。但漸漸地，我發現這些中午的聊天，反而成為我觀察與學習的一個窗口。同事們會討論正在進行的書籍專案，也會分享一些生活趣事，從中我不僅聽見了編輯專業之外的思考，也逐漸融入了這個小小的職場群體。

　　之後日復一日的工作節奏中，午餐成為一個特殊的時刻。附近的選擇有限，我們總在上午十點多便開始討論「今天要吃什麼」。這樣看似微不足道的插曲，卻讓人覺得溫暖。它提醒我，實習並非只有任務與壓力，還有同伴之間的小小交流與日常共享。

　　有時候，正是在這樣的對話裡，我得以短暫放下複雜的校對，轉而以更輕鬆的心情重新面對下午的工作。雖然只是餐桌間的閒聊，卻隱隱塑造了團隊默契與人際氛圍。

出版業務往往需要高度專注，而這些生活裡的空隙，正是調劑的必要。

## 四　圖書出什麼：出版流程與產業的多重面貌

隨著實習時間拉長，我逐漸能夠拼湊出一本書從無到有的完整脈絡。從最初的稿件審視，到後續的編輯、設計、校稿，再到書號申請、排版、印刷，最後進入行銷與通路，這些過程對我而言就像是一場長跑，每一步都需要耐心，也都不可或缺。

在這過程中，我最深刻的感受是：一本書的誕生絕對不是單靠一個人完成的，而是由許多人共同協作的成果。編輯只是其中的一環，還需要設計師的美感、行銷同事的推廣策略，甚至印刷廠的技術與細節把關。每個環節都像是一道關卡，少了哪一個步驟，最終的成品都可能失去完整性。

在第一堂課時，張總編有跟我們聊到：「我們出書的方向在哪裡?為甚麼而出書?」我內心就有一個答案：「要投資在一個對方覺得很值得的身上，而不是為了出書而出，要抓住對方的喜好，創造讀者認為書本要有的價值，過去的出版投資改為現在出版的創造。」

像是出版我們的實習成果書，自己有一個實際的心得。前提是給我們實習生創造一個回憶的價值，才會願意花這

個成本給予我們,也能透過我們這些成果書,給後續來的實習生們做一個借鑑,可以了解萬卷樓實習的內容以及心得。另外也可以透過這些成果書中做的這些事,讓業界和讀者知道萬卷樓也會願意培養年輕人去改變過往出版業或圖書產業的風氣,或許能走出一個截然不同的風貌!

　　這樣的體驗讓我重新理解「出版」兩個字。它並不是單純的生產,而是一種需要協調與整合的過程。編輯要懂得如何和不同專業的人溝通,也要學會在眾多意見中找到最適合的平衡。雖然有時候會覺得事情繁瑣,但當看到一本書最終以實體的樣貌出現在手中時,那種成就感卻是無可取代的。

　　更重要的是,透過這段實習,我也開始注意到產業層面的挑戰,例如:在數位閱讀逐漸普及的今天,紙本書要如何維持吸引力?出版社如何在有限的資源中找到最適合的出版題材?這些問題雖然不是我能解決的,但卻是值得深思的議題。實習讓我不只學會技術層面的操作,也讓我開始從更宏觀的角度去思考出版產業的未來。

## 五　下午等什麼:在繁瑣中培養耐心與細心

　　下午的工作時間,往往是我覺得最具挑戰性的時段。早上的精神比較充沛,可以快速處理稿件或行政事務;到了下午,隨著專注力下降,每一項工作都變得更需要

耐心與細心。這段過程，雖然辛苦，但也成為我訓練自己的一個契機。

有時候我需要長時間檢查同一份稿件，反覆比對修改，這不僅考驗我的眼力，更考驗我的專注度。一開始我常常會覺得煩躁，甚至懷疑這樣的工作是否有意義。但慢慢地，我開始意識到，正是因為這些反覆檢查，書籍才得以保持品質。換個角度看，這份繁瑣正是一種責任。當我以這樣的心態去面對時，就能夠更心平氣和地完成每一次的任務。

這樣的過程也讓我學會如何調整自己的節奏，例如：在長時間的專注之後，給自己一個小小的休息，喝口水、伸展一下身體，再回到工作時效率會更高。這些看似簡單的調整，卻讓我逐漸找到持續投入的方式。耐心與細心，不再只是主管的要求，而是我在實習過程中慢慢養成的習慣。

我想，這份習慣或許會在未來陪伴我很久。無論是繼續從事出版相關工作，還是進入其他領域，細心與耐心都是不可或缺的能力。而我很感激實習能夠在這方面給我磨練，讓我有機會在真實的職場環境中學會這樣的能力。

## 六　結語：以一冊實習成果書為記憶的價值

　　回顧整段實習歷程，我覺得自己收穫最多的不是某一項具體技能，而是心態上的轉變。從一開始對職場生活的不適應，到後來逐漸融入日常；從最初對編輯工作的想像，到親身體驗其中的繁瑣與成就感；從生活中的小插曲，到對產業未來的思考，這些片段共同構成了我實習生活的全貌。

　　或許在外人看來，這些經驗不過就是日常瑣事，但對我而言，它們卻帶來了長遠的影響。透過這段時間，我更清楚自己適合什麼樣的節奏，也更明白專業需要的不只是知識與技術，還包含態度與責任感。

　　最後，我希望這本實習成果書不僅是一份任務的完成，更是一個記錄。記錄下我在出版社的點點滴滴，記錄下我在學習中逐漸成長的過程。多年以後，當我再翻開這份成果書時，或許會再次想起那些清晨的匆忙、中午的笑聲、午後的專注，還有那一本本正在誕生的書籍。這些記憶，才是實習真正的價值所在。

# 作者簡介

## 丁信智

#輔仁大學圖資四
#興趣：睡覺、看修仙小說
#MBTI：INTP　　#哪裡人：你的人

Q：**實習期間印象最深刻的事情**

A：第一次被誤會成是外國人，覺得自己頂多看起來是混血兒，結果某同事的眼光堪憂，直接第一天不敢跟我說話，還擔心要不要拿翻譯跟我溝通，無語死了……@莊昀蓁

Q：**實習期間最喜歡的美食**

A：肯定是麥當勞（我一輩子的愛），其次享滋鐵板燒（我在那邊認識了好兄弟），第三 SUKIYA（勉強）

Q：**身為同期實習生中身高最高的，你覺得有甚麼優缺點？**

A：移架書籍的時候對於其他同學來說很方便，但是很常撞到書局的匾額。

# 與山行：

## 萬卷樓的實習的回憶

黃宣瑜
東吳大學中國文學系

## 一　前言

「今天下山了沒？」這句話縈繞著我的整個實習過程，在實習首日拿到待校的稿件——《域外五臺山》，它是一本耗時七年校對的書，雖然前面已經有多位學長姐努力過，但仍尚未完校。因此「讓它順利出版」這個任務也就成為我的實習主軸。來到萬卷樓實習，雖是「讀萬卷書，行萬里路」，然而於我而言，它更像是一段登山的旅程，故我將這份稿件比喻成一座大山，那麼在登山過程中又會遇到哪些有趣、未知的事情呢？

## 二　行前準備

　　我從以前就很喜歡書，紙上乘載著萬千故事，翻頁後又是新的開始。漸漸長大後，好奇出版產業究竟在做什麼，故事從最初只是稿件到成書上市，這當中究竟有哪些步驟。很開心能有幸旁聽總編在學校的出版實務課程，這也讓我得以在最後的暑假，一解自己多年的疑惑，能夠實際走訪、觀看出版社的工作內容，甚至成為實習生。回想在前往萬卷樓實習之前，為了確認地址曾經搜尋過，也閱讀過 Google 評論，了解到未來的實習場所，是一間結合書店與辦公室的複合式空間，當時的我便以為那會是前後分成兩個部分，一處如倉庫般佔地廣大的場域。

　　實際抵達後，雖並非如我所預想，但那種被書籍包圍的氛圍仍是十分濃厚。讓我更驚訝的是，萬卷樓的辦公室分布在六樓與九樓，六樓一進門即是書店區，門市最後才會是業務部與梁總的辦公區，可說是一進門便是書海，完美融合書店與辦公區，絲毫沒有違和感。整體空間不寬敞，但每一寸空間都被充分利用，營造出既舒適又高效的工作環境；九樓則是以編輯部的辦公區為主，一進門映入眼簾的，便是編輯們，再往裡面走則是會議室，也是我們此次實習的主要活動區域，再深入則是書籍的存放區。

## 三　期待的收穫

　　實習首日，除了介紹出版社的職務分布、與出版社的老師們，還有一場梁總的演講，演講使我心中有很多感觸。最深刻的便是作為一位即將畢業的大學生，面對未來難免有些茫然與徬徨。看著身邊的朋友們，有的考取日文檢定，有的投入師資培訓，他們似乎逐漸找到人生方向，而我還在尋找自己的歸屬。梁總分享自己如何在漂泊中找到定位，最終成立萬卷樓，讓我重新思索自己的選擇與道路。回想當初高三畢業時，在眾多科系中毫不猶豫地選擇中文系，如今回頭看，或許那也是一種命運。人每天都在選擇，無論大小，這些選擇終將帶領我們走向該去的地方。因此，與其焦慮未來，不如在當下發揮所有實力，無悔地前進。

　　在大學上半年所修課程讓我對出版產業有初步的認識，但當朋友詢問出版相關的內容時，我卻常常答不上來。這樣的情況讓我深感自己所學的知識仍不足以實踐，無法清晰地傳遞給他人。與同學們的對談常會讓我意識到新問題，也暴露出我對出版產業理解的不足。老師曾提到，我們應該掌握能帶走的技能，例如：編輯程式使用、文字校稿與出版印刷等。正因如此，我期許自己不枉費大學最後一個暑假，除了兼職打工之外，努力學習專業知識，累積履歷與實際經驗，讓自己未來在求職時更加具備競爭力。

## 四　登山注意事項

　　在實習首日，我開始學習校稿的基礎知識，並實際負責校對工作。所接手的稿件已經歷三校，但仍因格式錯誤而未能印刷出版，當時的我並未看出問題，這個疑惑直到最後我才會知曉。校對過程中，我注意到該稿件常使用書名號來標示篇名與書名，亦有標點缺漏問題。此外，因稿件內容為佛教議題，包含許多特殊用語與佛教書籍，需要特別注意引用的準確性。有些引用未註明出處，或出處資訊不全，使我在校對時不斷思考：哪些格式應保留？哪些應修正？這成為我重要的學習課題。

## 五　途中景色I

　　實習期間，我曾與同學昀蓁共同面對「訂飲料」這個看似簡單卻意外充滿挑戰性的任務。於我而言，鼓起勇氣開口詢問飲料品項是最為困難的，也透過此次與老師們互動，有了能彼此熟悉的機會。此次活動反思：與店員溝通後，得知可用線上訂購平臺節省時間。對我而言，最大的收穫是了解自己的不足，我一直以為自己在這幾年的經歷下，已能克服怯場，但透過這件事，我意識到原來自己還需增加勇氣，練習與他人開口。

## 六　途中景色II

　　我原本以為實習內容就是學習校對工作，而後逐漸接觸到業務部更多支援工作後，才了解出版社有更多的作業內容。像是在業務部，我學習到書籍從運送到店中、拆檢、條碼輸入、上架，後幾天，也接觸到蝦皮平臺的操作，因平臺的規範，賣家需要作出應對，當時主要操作更改運送方式；還有因為出版社得到標案，需要將書籍運送到世界各地的大學中，因此進行書籍加工、書籍資料輸入進系統、以紙箱分裝書籍、製作箱單的習作。而在編輯部的工作，除了校稿之外，還學習到微信書訊製作、電子書與實體書號的申請、書籍的排版方式等。我在與同學們的互動中，也學到許多軟技能，包括溝通協調與各種技能的學習，例如：從昀蓁那裡學習到表格製作的技巧。綜合上述，隨著校對進度的慢慢推進，也從日常的實習中不知不覺學習了許多。校稿進度從第十七頁至五十頁，我不僅補充了標點符號與文字缺漏，也發現引用資料與書目不符等較嚴重問題。在校對上，最難的往往是最初的頁數，於我而言，需要習慣、熟悉校對工作。回顧整本稿件，相比之下，格式修改、錯字等問題，也在前半部分較多，因此這趟旅程真的猶如登山一樣慢慢上坡。

　　此外，在支援業務部作業時，最讓我印象深刻的是業務部的老師曾經和我說過的一段話。我實際參與從書籍輸入

系統到封箱的流程，刷書籍的條碼，有時無論我怎麼刷，都無法成功讓電腦辨識，尤其是故宮的書，雖然封面設計精美，但使用特殊顏料製作的條碼，已然喪失了原先的意義，因此老師當時提到，如果我以後做編輯，條碼一定要做的清楚，實際接觸刷書系統時，我原以為會是類似 Excel 的清單，實際卻是透過網頁條碼系統作業，讓我對書籍管理的數位化流程有更深認識，條碼清楚的書籍真的會加快整個作業流程，不用一個字一個字的手動輸入；另外提到書的封面，我認為就如同見到陌生人的第一印象，真的會讓人產生想要翻開書籍的動力，因為當時接觸到的書很多，所以只有在刷條碼、核對書名的時候快速地看過，有幾本書的書名雖然不亮眼，但配上書封，反倒讓我覺得很適合。透過此事，讓我更了解到書封、書名對一本書的重要性，它們會關係到讀者會不會想進一步閱讀。

## 七　途中景色III

實習期間，也參與到影片的製作，我在第一部影片中負責影片的逐字稿工作，第二部則是 PPT 製作。在第一部中影片，我發現講者語言中的口語特性，會影響字幕呈現與影片節奏，例如：我們在日常對話中，常常不自覺加了許多贅字、語助詞等，為了使影片流暢，就需要刪除；而在第二部影片中，因為片長較長，修剪與未修剪對比的感覺就更深。

因此很感謝沛錞的協助，幫我製作剩下的簡報，我也因此次看到沛錞如何影片剪輯，對剪輯軟體有初步的認識。這也提醒我，出版不再僅止於書籍，還涉及影音、社群媒體等多元面向。

## 八　午後雷陣雨

在實習的倒數幾天，我得知自己所校對的書籍頁數遠比預期來得多，稿件並非原本所想的三百四十頁，而是包含引用文獻與後記的五百頁。這時我再次閱讀前一位學姊的校注記錄，才真正明白為什麼她會停在這裡，我發現她在稿件的前半部分多集中於標點與格式調整，而後半部分因大量引用文獻，進行大幅度修正，但修改太大，導致校對工作困難重重。我與老師討論校對方針，讓後半部的資料整理，自成一家，這樣也不用再大改格式。此次事件，讓我學到何時應保留原書格式，何時應依據出版社標準進行修改，這些選擇背後皆需要兼顧專業與讀者的閱讀體驗。實習最後幾天，我一邊進行校稿工作，一邊投入影片簡報製作。我學會如何處理生難字詞，將其以螢幕截圖縮放至簡報中，使我學習到新的編輯技能。最後倒數兩天，我全力衝刺校對進度，並支援書籍裝箱與箱單製作。在掌握基本操作後，我也開始熟悉膠帶封箱技巧，並學會依照學校分類整理書籍。在支援結束後，我與同學一同回到九樓撰寫實習心得，回望整個實

習歷程，每一天都充滿收穫與反思。

## 九　旅程後記

　　這段實習旅程，是我重新認識出版流程與自我能力的一次機會。從最初的茫然與擔憂，到後來的積極參與與深入學習，每一項任務都讓我有所成長。它不僅讓我更了解出版產業的細節與實務，更讓我明白，原來「選擇中文系」不只是命運安排，更是一個可以讓我發光、發聲的起點。我希望未來能夠延續這份熱忱，能夠使我找到自己的歸屬，而現在有了此次寶貴經驗，將累積成為我更堅定的步伐，走向屬於自己的方向。

# 作者簡介

## 黃宣瑜

#東吳大學中文四 A
#興趣：非常廣泛，但都跟文化有關
#MBTI：大概是 I 人與 E 人的隨時切換
#哪裡人：新店

Q：實習期間印象最深刻的事情（請問在實習期間你遇到什麼難題？你怎麼面對）

A：在快結束實習時，發現與自己當初預想的稿件頁數，還要多很多，因此加緊趕工，深怕校對不完，這份稿件又要給下一位編輯煩惱。

Q：實習期間最喜歡的美食（請問你為什麼對這份美食印象深刻）

A：神秘的攤販——健康餐。穿過廟中間的小巷，會發現一條美食街，而這家餐車，選在一間堆滿紙箱的倉庫前，進行販售，視覺上衝擊力十足，但這餐點初見不覺得驚豔，卻能在日後細細回味。

Q：據說你曾在實習期間，引發 MBTI 是蔥油餅這件事，能不能請你說明一下？

A：不能！雖然我很想這麼說，但應觀眾要求（同個實習期

的同學敲碗），還是說明一下，剛實習期間，大家不了解彼此，所以問了 MBTI，正好我在吃蔥油餅（這家位於萬卷樓附近，很好吃！）我聽成同學問我吃什麼，我很順口的的說了「蔥油餅」，因此才有已讀亂回的情況，我自己也沒料到這件事在實習的朋友們心中留下很大的印象。
@莊昀蓁

# 停下一路的走馬觀花

邱筠涵
國立臺北大學中國文學系

## 一　一開始

　　對於編輯這個名詞的想像，就是和書有關。像是圖書館，但更為嘈雜；像是學校，但是沒有放學時間；像是文章開始的前言，會告訴自己一本書大致的樣貌身型。一般來說，閱讀一本好看的書，編輯很難被人注意到，買書的人只會想說，這本書是誰寫的、寫得挺不錯，我也買幾本支持一下。我也是一般的人，我第一次真正去思考封面上的編輯是誰、他或她對我又有什麼意義的時候，時間上很晚，都已經上了大學。

　　教科書是臺灣小孩最早感受到「版本差別」的書籍，不同的出版商會有不同的風格。在大學以前還沒有注意，等上大學以後得自己選課，一樣的課，去看不同大學朋友的課本，裡面的內容，那叫一個不一樣。無論是瀏覽的舒適度、閱讀的通暢度、內容的完整性，甚至是缺字落字的程度，每

個編出來都是不同的感受。這時候就會想，為什麼差不多的內容，不同出版社給人的感官差異卻能那麼大？這是我的疑問，但其實想起來也很好理解，一首歌、兩個人，都能唱出不同的感覺，更何況是和歌曲一樣主觀的書籍。那時候沒想太多，就只把一切當作巧合「只是剛好合我眼緣吧？」

大二結束的暑假前，考完期末考去參加一場演講，老師在上面和我們分享課程，我那時候沒有想到原來那是一門「課」的預告信，我只是看到有萬卷樓，這是我很喜歡的老師在課堂裡講過的地方，我想去，我報名，我面試、我就來了。還是不建議學弟妹或學長姐像我這樣做，事後回想一直覺得自己這態度挺草率的，那時候應該要更了解它，而不是說因為好奇，就是態度我覺得有些輕浮。

我個人對於職涯規劃是迷茫的，周圍同學裡有些家裡有背景、有些早早就知道自己想做的事。前面的其實也很現實，當我聽到我有同學一個月家裡生活費給兩萬的時候，沒忍住發出「哇」的聲音，因為挺丟人所以還記得；後面的，大家都提倡要戒社交軟體，因為上面都是大家最好的樣子，平凡的人看著就會開始焦慮，覺得自己必須找點事情做，就是不能維持現狀，人要有危機感，問問學長姐以後都做什麼、查查這一行能幹什麼，然後偶然看見朋友發了張和證照自拍的動態，那就再去看看我的專業有什麼證照能用，我也去考一下吧，一看下去，報名費好高，一備考就是一兩年過

去。那自己以後到底要做什麼，結果還是不知道。

知道自己面試上之後，我開始查資料，在臺灣出版社好像就是和中文系掛鉤，其中關係非常緊密。然後第一個看的就是地圖，看完發現是在大安區古亭捷運站，沒有特別點進去看照片，就猜我大概知道它佈置的感覺。那附近有不少美術社，我以前算是常客，雖然沒有每間都去過，但幾間看起來格局都是一樣：不走文青風，店在樓裡，人進去就是買筆買紙，櫃子一排排的，東西就放在那裡，自己去看，找不到東西就問老闆。出版社當然和美術社不能一樣，但古亭就是給我一種這種人文感。

實際造訪後，萬卷樓確實和之前去過的美術社一樣，上下兩層樓，小小的，想像不出是一間出名的出版社，但是轉念一想，出版社作為負責文字出版工作的地方，書的空間大於人的空間，好像也是很合理的事情。至於出版社的藏書量似乎不如公司名稱那樣壯觀的疑問，畢竟萬卷樓在桃園是有倉庫的，總不能把書都堆在大樓裡，臺北租金真的很貴。

萬卷樓編輯實習分為七、八月份兩梯次，分類以各校時數要求為準。本次實習共有八位學生，除了學校有要求高時數的主編們需要實習兩個月，其餘六位同學在時間上都是一個月。

七月總共有六位實習生，從江子翠到古亭捷運站，這個

路線七月一日時已經走過一遍,那時候因為一點意外提前到萬卷樓門市繞過一圈,於是真正報到的那天,我走的特別熟門熟路。美中不足的一點是早上擠捷運時沒有防備,被板南線戰鬥力特別強的爺爺奶奶擠出車廂,導致第一天成為最後一個壓點報到的實習生(包括在寫書的當下,早上放書包側邊的雨傘也在當日競爭中遺失)。

接下來我會依據個人日記紀錄,將以下部分分成:編輯部、業務部以及門市的實習內容做心得整理。

## 二 編輯部

### (一)校對

實習編輯最主要的任務就是校對稿件,依照大家實習時數分配不一樣厚度與校稿階段的稿件。像是主編們就共享《中國學術流變》上下冊的二校稿,上下加起來有一千多頁。大家拿到的書都是已經在中國的出版社出版過,引進臺灣後授權給萬卷樓出版的作品。

而在我們之前,也已經有前幾屆實習的學長姐校對過這些稿件,以主編們拿到的二校稿舉例,我們負責的是流程中的三校。這些書是大陸譯書,所以用語、用字上都和臺灣有些微的不同,像「包蘊」和「包孕」或是「延綿」與「綿延」——許多字詞的使用都是平常難以察覺的,身為編輯也

可能因為習慣某一說法而將應改的字詞錯漏。

　　整個校對的過程就是在不斷的質疑現象、假設問題、提出問題、查找資料、大眾討論、驗證問題、得到解方，編輯校稿的過程也是一種科學方法的展現，在不同階段中都能蹦發不同的火花。

　　後來校稿完件後，統整出來我們最多修改的地方是格式。這裡提到的格式，除了狹義的規範格式，更多還包括讀者的閱讀舒適度，如文中括弧作用若是用於補充說明就與內文等高，用在援引出處或是姓名的其他說法上就要標注請排版將文字與括弧部分縮小、單字不成行與標題不放一頁下方等等，這些細小的改動能夠提升閱讀質感，要用上自己的感覺，也就是第一段提過的「編輯意識」它和衣品與美感一樣需要培養，是提升出版品價值的關鍵一環。

　　因為不是改錯，所以做選擇時無論AB都會有優劣之處，在讀者易讀性與編輯修改的方便性無法兼具的時候，編輯就得依照自己的判斷進行抉擇，這是非固定且彈性的事，編輯意識的應用在此情形下為校稿容易遇到的情況提供出很大的自主空間。

## （二）書號申請

　　出版一本書，我們需要為它申請書號。除了課程有實作到，後續處理成果書出版時也還有一次全程自己操作的

機會。

國圖現在已經沒有書面申請，所以全是在線上操作，操作時間有限時，所以資料要先提前準備。書名頁、版權頁、目錄、部分內文以及書籍簡介，這些是申請當下會需要提供的檔案。因為通常都是提前預先向國圖申請書號，方便之後的封面印製，所以封面欄位可以之後再提供。ISBN 的申請核發通常是三個工作天，書號申請後三個月內書籍必須出版，如果沒有出版就要再打電話向國圖修改出版時間，所以還是建議要出版時再進行申請。

（三）微信公眾號經營

微信公眾號受眾面向中國，我們要像是誠品或是博客來網站一樣，將書訊製作後放上平臺供人展示查閱。為方便排版，會預先使用秀米進行書訊的編輯，書籍簡介、作者簡介、目錄與各種版權頁上會有的標示，最後隨著書封與萬卷樓的底圖一起複製貼上，放進萬卷樓在微信上公眾號的草稿箱，由以邠姐姐審閱過後正式上架平臺。

（四）成果書封面設計

其實最初的想法是，美工姐姐在做的時候我們能在旁邊觀摩一段時間，結果變成我們要在她的教學輔導下完成書的封面。對方的工作看起來很多，還要找時間出來教我們設計軟體的使用，真的很抱歉。

因為對於設計軟體完全是新手,在草圖的設計時,我是拿平板手畫的,那個墨水瓶和放在自我介紹欄位裡的動物完全沒想到真的會被加上去,以及封面右上角那是星巴克的阿里山烏龍茶,一杯一百八,可以要熱水繼續泡。動物靈感的部分則感謝另一位主編的傾情贊助。

## 三　業務部

### (一) 對中國出口的二手書

出口書品到不同國家都有不一樣的限制,客戶要求與需求也同樣是出版品包裝的重點。首先說到八月時碰到的一批從高雄某二手書店採購到的書單,這些是客戶想要拿去中國販售的書。眾所周知,中國海關會審核書籍的進口,所以我們將書拆出上書車後,就是開始拿著立可帶去除掉版權頁或是內容中的「中華民國」「民國」或是「ROC」之類的字眼,以免被退書,在這個過程中,必須戴口罩,因為處理的二手書都是年代久遠的老書,我記得我處理的那一批,最年輕的還是我出生那年出版的藥理書,它們都歷經風霜,外觀上有不少黃斑,對臺灣人容易過敏的體質不太友好。

再來,客戶要求的是希望能減少箱數,因為出口往大陸的舊書是算箱不算重量,所以就是在不傷書的前提下,能塞就往死裡塞,這個要求比較考驗空間能力。流程上就是把書拿出來、對照 Excel 表格、拿出不能過境的書、去除違規字

眼、對照表格將書裝箱、封箱。因為這書打包完就是直接送出去所以不必考慮客戶拆箱的心情，膠帶三條在中間封好封滿。

### （二）對國外大學圖書館出口書單

再來，是出口向美國與德國的書，出口往國外教學機構的書籍需要先進行加工，在書名頁上貼上華語合作交流的貼紙、標記上符合書單順序的紙條，裝箱時需要刷條碼登記書目，用箱也有所規範，加上防水袋，依照紙條順序放書，如果到某號放不下就是塞封材直接封箱，以免點書人不便。國外大學會給預算交予萬卷樓採買，暑假時這方面的業務會很繁忙，運氣好的話還能在裡面看見自己去上過課的教授編著的書。

過程：將書從書架上拿下，開 Excel 用刷條碼錄書、插數字條、貼貼紙、照數字歸類、包箱進出口部的空間有限，煩惱的地方是到處都是書和箱子，貨來了不知道放在哪裡。

## 四　門市

六樓與九樓分別是萬卷樓的門市店面與編輯部，除了編輯部以外的部門都與門市在同一樓層。萬卷樓的門市店面並不大，我們協助的業務是書籍上架與門市書籍整理。

書籍的販售是由出版社聯繫印刷廠印製後，由經銷商

訂書販售，賣不完的倉貨會退回出版社，讓出版商自行消化。過程：拆箱、標籤、上車、入庫、上架、排書與點書。支援時上架的書是從其中一個經銷商那退回來的，退回來的這些書在萬卷樓門市販售有優惠價，退回來的原因基本上就是沒賣出去的庫存。拆箱時要在書車上貼上書箱批次的標記，然後放在同排書架上，把書車推給錄書入庫的同期。

## 五　關於出版業

　　我們平常實習時也常會聽總編講課，上課的內容通常是出版業相關，如：中臺出版品差異、數位出版的危機與轉機、面試履歷的自傳教學等等。

　　這次實習的機會讓我能夠得知平常不太能接觸到的內容，像是雖然知道中國出版品有管制，但並不知道中國的出版社居然都是官辦的，全國只有差不多六百家、書號也是有所管制、臺灣出版品進入中國居然真的會被審核；像是數位出版品講課中提到的書店的暢銷書與現代電商平臺的抵消、一本書的上架時效有多短與電子書的上架差異；像是大部分公司面試履歷在撰寫時已經不再注重那張照片、地址也不重要、其實和考試作文的撰寫一樣，內容雖然是重點，但還是畫面的整潔度能讓人打分更高等等。

## 六　繼續向前走

〈停下一路的走馬觀花〉並不是一直停下，人一輩子都必須不停往前走，不是被時間推著，而是為了讓自己能過得更好。每天都學一點東西，日積月累下可以成為自己喜歡的模樣。

「走馬觀花」不是一個褒義詞，因為我覺得我現在的生活態度還不夠圓滿、是有缺漏的。我的生命總是奔走在不斷的想去知道自己還能學習什麼的路上，永遠都在和自己說還不夠、我還想知道的更多。也因為這樣，我經常會想問為什麼，當下會有一種「到底是為什麼？我還能做得更好嗎？」質問的衝動；在那個當下，我是否就能得到自己疑問的回覆、剩下更多的時間裡，是否能因此得到思考更多其他衍伸疑問的時間、更好的去感受別人的發言、理解到看見的事情如何運行？這些都是讓我前進的步伐越來越快的原因。

所以我很感謝能有這次的機會，參加萬卷樓這次的圖書出版經營理論與實務暑期實習，總編總是願意回答我們的問題，尤其是我，有些問題怪的自己問之前都覺得很不好意思、提前做好會被打回的準備，結果都被回應了；有些做得不好的事情，也會被提醒，讓我能明白更多什麼是職場上真正需要和不需要的事情，這些我認為都

是課本上學不到的,而且這兩個月間我也確實感受到自己性格上的調整與變化……因為實習的各位同期幾乎都是內向人,第一天都不開口說話,所以在接下來的兩個月裡,我大概是把一年份的說話量都用光了,雖然實習過程是很愉快的,但晚上回家時隱隱會有種被掏空的空虛感。以邠姐姐,超級感謝的,真的,姐姐人真的很溫柔,總在我們出現疑問或是操作困難時為我們解決那些實習操作上遇到的瓶頸,實習結束後會超級捨不得姐姐的。

其實在記錄日記時我的用語比較跳脫一些,但是不適合放上來,於是從中挑選一些比較正常的部分呈現給大家。希望看書的人能夠從這些文字裡得到自己想要知道的資訊。由衷祝願大家都能因為自己的選擇,以更好的心境面對生活!書都看到這裡、這個夏天過後,都能不會後悔自己的決定!

# 作者簡介

## 邱筠涵

#臺北大學中文三

#興趣：繪畫、散步　　#MBTI：INTP　　#哪裡人：板橋人

Q：**實習期間印象最深刻的事情**

A：我很喜歡開玩笑，但是另一個主編總是太認真，這讓我感到十分困擾，原本我沒有打算去做的事情，被她說過以後，讓我覺得被傷害。（這也是開玩笑）

Q：**為什麼另一個主編被那麼多人@？**

A：是這樣的，這是她自己應該要思考的事情。
　　@莊昀蓁

Q：**有個同期說過「一五八也是可以和一米八挑戰的」**

A：不自量力（感謝一米八友情提供）
　　@莊昀蓁　@丁信智

Q：**實習期間最喜歡的美食**

A：等一下義大利麵或是享滋鐵板燒。

# 萬卷樓出版社體驗券

莊昀蓁
國立東華大學中國語文學系

## 一　獲得體驗券一張

　　我對萬卷樓出版社的印象主要來自學長姐的實習分享。當時看到他們在成果發表會上的展示，不僅內容豐富、形式完整，也讓我感受到萬卷樓在實習規劃與工作環境上的用心，能幫助我詳細了解現在出版界的產業現況與運作模式，再加上我希望能透過暑期累積「實務經驗」，提升對文字的敏銳度與資訊整理能力，能進一步探索自身興趣，為未來的職涯發展奠定堅實基礎。於是，在志願單上，我毫不猶豫地把萬卷樓放在第一順位。

　　經歷了自傳撰寫與面試後，我很幸運地獲得了這個實習機會。在實習開始之前，我還特地透過網路了解萬卷樓的相關資訊，發現它專注於出版文、史、哲相關書籍，與我的科系十分契合，讓我對接下來兩個月的實習生活充滿期待。

## 二　主線任務：編輯部

### （一）校對、排版

貫穿兩個月實習的主要任務就是校對完一本書，成為這本書的責任編輯。校對的目的除了要挑出錯字、語病之外，還包括頁面的版面格式、簡體字轉換、異體字與正體字修改、兩岸用語差異修改等，需要注意的細節很多。因此，在出版社收到稿件、初步整理之後，會分成一校、二校、三校去做檢驗。三校是最後的校對，確認無誤之後會製作樣書進入點檢的流程。

我跟另外一位實習生剛好分別分配到《中國學術流變》的上、下冊，所以與其他校對單本書的同學不同，校對套書的我們需要在格式、用詞方面做到統一，因此會有需要互相討論的部分。雖然討論會花費比別人較多的時間，但也可以達到互相監督、降低錯誤率的效果。同時，我也在交流的過程中發現，不同人在處理用字、用詞、格式不同時，會有許多不一樣的看法，在與總編討論才了解到，校稿時做出的修正都是在不影響作者原意的情況下，讓讀者閱讀更流暢、更舒適、更能理解原文，從這個角度出發去校稿，能使校對的方向更加明確。

## （二）簡報製作、影片剪輯

實習期間剛好遇到《中國文字期刊》參與國科會人文社會科學研究中心的數位研究計畫，我們被分配到製作、修改講座的簡報以及剪接授課教授錄製的影片。

第一次製作影片時，我主要負責製作簡報，完成後還特地畫了分鏡圖，方便剪輯同學將畫面與講師內容對應。第二支影片，我決定向圖資系吳沛錞同學學習剪輯，並且嘗試剪接一半的講座內容。第一次學剪輯不太熟練，常常因為簡報對不上解說的時間軸進度花費較多心力，不過在完成之後覺得非常有成就感，也因獲得一項全新的技能而感到開心。

## （三）申請 ISBN、CIP

ISBN 也就是國際標準書號，相當於紙本書與電子書的身分證，方便了書商、出版社的出版品統計與管理庫存，以及國際間出版品的交流，所以會需要透過 ISBN 將出版的書籍做分類。CIP 則是叫做出版品預行編目，能夠讓讀者更了解書本內容，也更方便廠商推廣書籍。

透過這次申請流程我了解到書籍會因為裝訂方式分為平裝、精裝給予不同的 ISBN，兩者除了因為裝訂成本的不同使售價不同之外。在功能上，一般讀者更喜歡購買平裝，不僅售價便宜，重量也比較輕；精裝則因為外表較精美、外殼更有保護性被用於收藏，圖書館也比較喜歡購買精裝書。

## 三　支線任務：業務部、門市

### （一）協助進出貨

　　除了編輯部的主線任務之外，我們也有到六樓的業務部協助進出貨的工作。進貨的流程包含：拆箱、清點書籍、刷條碼、寫進貨單。出貨的流程包含：清點書籍、將書本加工（貼上序號與貼紙）、按照順序裝箱。

　　這兩項支線任務不僅內容繁瑣、資訊雜亂，還需要耗費體力。我七月第一次到業務部負責的是刷條碼、寫進貨單，有很多不熟悉的部分，比如：刷完條碼有兩筆資料要如何處理、選擇，還有遇到可能因為按錯頁面或按鈕，導致資料全部不見要重新手動輸入，不過在拯救資料的過程中，我也了解到如果以後資料不見了可以先用哪些方法嘗試解決，下次使用系統會更熟悉、更小心。

　　第二次我則是協助將進貨的書籍上架，因為空間時常不夠，所以我跟沛錞將一部分萬卷樓出版的書籍移到其他書架，並將一部分的書裝入箱子放回倉庫。隨著拆封的箱子越來越多，書籍種類、數量也變多，為了減少尋找相同書籍以及挪動空間花費的時間，所以我們決定重新將書按照出版社、書系、編號重新排好。過程雖然花了一點時間，但接下來歸位就非常方便。

第三次我則是協助國圖標案的出貨,業務部的大哥跟我們解釋:這個標案是國圖與幾所海外大學合作,國圖會捐贈與分享圖書給這幾所大學,這些海外大學則會開放資源給我們。我們會先將各大學需要的書籍分用 Excel 建檔,接著清點書籍並加工上國圖的貼紙與編號,之後順號將書籍分箱、封箱。這次在裝箱的時候,有使用的包材機,箱子貼上膠帶是讓內容物不會掉落,也有使箱子不會因外面的包材拉扯變形的功能,有了塑膠長條包材不僅可以讓箱子更堅固,實際操作一次之後覺得非常有趣。

## (二) 微信公眾號推廣書訊

　　為了讓大陸地區也能夠了解臺灣出版的書籍,利用唯信公眾號推廣提升書籍的曝光率、吸引讀者,促進書籍的銷售。雖然操作流程方常簡單,但是需要非常細心,要注意書籍是否已經發佈過、注意 ISBN 與售價是否正確等,因為這是讀者對書籍的第一印象與了解,再加上微信公眾號修改次數有限制,所以盡量不要上傳錯誤。

　　八月我們開始製作到舊書系的書籍,因為舊書系的書不一定有完整的書訊卡,所以我們會需要在架上找出書籍核對資料,或者需要上網尋找相關資訊。不過,相對七月來說,因為之前有製作過二十則推廣了,所以已經比較熟悉每一個網站的流程,製作起來也比較快,上網查找資料也不算是負擔。

此外，我也利用以前高中學習到資訊的知識修改了需要製作書訊的書單 Excel，因為原本的書單製作完的標記需要靠製使用者手動打勾與標底色，我將表格製作成下拉表單的型式，並且加上算式讓資料能夠在標記的同時就自動更改底色。這樣製作的同學能夠省很多時間，以後如果編輯需要使用可以直接建立副本，就不用另外自己編輯表格修改公式。

## （三）成果書製作

這次的實習成果書由我跟筠涵擔任主編，從討論書名、收集稿件校稿、調整格式、討論封面以及整本書的概念等，實際且完整的操作出版流程，讓我更熟悉實習期間所學的出版知識。同時，也讓我獲得其他新的領悟，例如：在討論封面設計時，我才知道原來編輯不是只有要培養文字的靈敏度而已，還必須要學會設計軟體的應用，例如：Illustrator，以及培養對畫面構圖的美感。編輯告訴我們，如果想要學習相關軟體的應用可以在自己大學找美術相關科系，可能會有開相關的課程。

## 四 技能培訓：講座

### （一）履歷與面試

　　課程之前總編輯有稍微向我們提到履歷相關的問題，例如：履歷上要不要該放照片？我們覺得每一個履歷會被看多長的時間？此外，總編還讓我們嘗試寫求職信，這是我第一次寫求職信，在網上找了幾個範本、建議。

　　課程之後，不僅讓我對履歷如何撰寫有更詳細的了解，還修正了我以往對履歷排版的誤解。課程之前，我認為方便閱讀應該以表格的方式呈現履歷內容，但實際上每一間公司同時會收到許多履歷，表格的線條反而會影響閱讀。此外，以前我都會覺得履歷上一定要放照片，然而在總編提出了一個我以前沒想過的觀點，人類是非常依賴視覺的動物，如果我們在履歷上附上照片，別人對我們的第一印象很容易因為照片產生影響，最後有可能導致沒有認真看我們履歷的內容，使我們錯失工作機會。

### （二）出版業的現況

　　總編輯向我們介紹了傳統出版業的營銷模式與面對的困境，並且以萬卷樓公司為例子，分享出版業如何針對現在的困境做出轉型。在網際網路興起之前，人們都必須要依靠書籍來獲取知識，出版社可以向印刷廠申請大量訂單，再利

用銷售的獲利出版下一本書。

然而，有了電腦與網路之後，人們獲取知識的途徑變得更加方便、快速、多元。紙本圖書不再是生活必需品，導致大量書籍滯銷，使出版業承受大量成本損失，因此，現代出版業必須要轉型為數位印刷模式，控制庫存數量避免倉儲成本增加，同時也更有利出版效益的評估。再結合網路電商減少門市與運輸成本、開發小眾市場才能適應產業環境的變化。

### （三）標案

在業務部幫忙時，了解到出版社參與政府或企業等機構的採購案，競標出版相關服務的過程。首先，政府會公開招標，各個出版社會準備開始投標、估價跟編列預算。不過政府有時候無法事先提供完整具體書單，因此評估成本與投標價格的風險會提高。

接著，就會等待得標的結果，通常會派一代表去現場聽結果公布。若多家出版商的報價相同、接近，就會透過抽籤或現場議價決定最終結果。此外，也有提到政府採購法的利益與親屬迴避原則。

## 五 反思：帶走的技能與價值

這兩個月的實習，讓我彷彿參與了一場「出版社 RPG 之旅」，不僅完成了主線任務，也在支線任務中獲得了許多技能點數。每一項經驗都成為我未來職涯道路上的寶貴資源。

在編輯部的校對工作中，我學會了如何精準地檢視文字細節。從錯字、異體字到兩岸用語的差異，每一個小地方都需要謹慎處理。這讓我明白「好的編輯不是改掉作者的想法，而是讓讀者更清楚理解作者的意思」。這份專業的態度，將成為我日後閱讀與寫作時的重要依據。

影片剪輯與操作微信公眾號的過程，讓我意識到跨領域技能的重要性。雖然一開始手忙腳亂，但在完成後卻獲得了滿滿的成就感。這也提醒我，出版工作不再只是紙本與文字，數位能力已經成為必備條件。

透過總編輯的分享，我更清楚看到出版業所面臨的挑戰：從紙本轉型到數位，從大量印刷到小量靈活，從傳統銷售到網路推廣。這些產業趨勢讓我體會到，出版並不是一份安逸的工作，而是一個需要不斷創新與調整的產業。

# 作者簡介

## 莊昀蓁

#東華大學中文四
#興趣：閱讀、爬山　　　#MBTI：ISFJ　　　#哪裡人：臺北人

Q：實習期間印象最深刻的事情

A：身高一五八的我在業務部協助上架有困難，即使站在椅子上還是必須要墊腳才能碰到最上面的書架。感謝八月一百八的同事協助，但我認為我還是想挑戰自我。
　　@丁信智　　@邱筠涵

Q：實習期間最喜歡的美食

A：山嵐拉麵，因為實習的開頭、結尾都是與同期實習生到這家拉麵店用餐。

Q：為甚麼其他編輯這麼常@你？

A：我也很困惑，為甚麼我會包攬了所有實習趣事。校對的時候一直看見自己的名字，感謝大家讓我貫穿了整本書。

Q：聽說你誤會某實習生是外國人？

A：因為他長相非常歐美，再加上第一天實習跟他交流，他都只有點頭或搖頭，讓我懷疑他是不是那種中文讀、寫很好，中文溝通比較不方便，但還是想學習出版社知識的同事。況且，他確實是混血兒，我認為我有答對一半。
　　@丁信智

# 編後記：
# 「實習生們！！主編版！！」

邱筠涵✕莊昀蓁

## 關於「全知出版視角」

邱：其實一開始不是這版，它不是最優選。

莊：甚至提案的時候，它的名字還叫做全知「編輯」視角。

邱：這是我提的，看起來眼熟是因為出版成果書時，它剛好在出電影。現在這個名字是等到要表決的第二天，昀蓁才偷偷加上去的，她多提了一個。

莊：因為我後來覺得實習期間不只是參與到編輯的工作，而是透過萬卷樓了解整個出版業的運作。此外，我覺得我們實習生也很像原著的主角一樣，從原本「旁觀者」、「讀者」的角色轉變為「參與者」，利用這次的實習機會學習全新技能、發展全新視角。

邱：原本最強力的候選人是書與製作人，但很可惜這個名字被全知 2.0 的橫空出世打掉了，所以最後的贏家就是全知 2.0。

## 關於這兩個月的「群組名稱」

邱：七月群組叫「今天吃什麼？」、八月群組叫「迷因好事多」。七月名稱是開始實習之後，會發現這是我們每天必問的問題，有時候九點、十點就開始在問了。

莊：八月群組名來自下班後，有些實習生會在群組聊天、分享日常，有時還會分享梗圖、迷因。

## 關於「成書過程」

莊：討論完書名，就進入到撰寫內文與校對的流程。

邱：我們時數有三二〇小時，因此最後我們在萬卷樓多留了兩天，最後遞交檔案時實習生只剩我們而已。大家的心得都交到了主編這裡，主編們就開始盯著大家的稿件開始一頓校稿。

莊：除了校對內文，還有後記撰寫、序文與彩頁的排版，感謝製作封面的同學幫我們提前製作完，讓我們可以快速進入到詢價、聯絡印刷廠、檢點等部分。因為這

本書有加入我們這屆實習生的創意,所以有很多部分都需要與林編輯、張總編討論,非常謝謝他們給我排版建議,讓書籍內容呈現更完整。

讓我覺得最困難的是前面實習過程沒有實際接觸、操作到的詢價、聯絡印商場,在填寫流程單、寄送電子郵件的時候真的非常緊張。不過當我完成這項任務後覺得非常有成就感。

## 最後想説的事情

邱:對於實習生而言,提問真的是最重要的能力。不會有人上趕著求你問問題,大家都很忙,所以要學什麼自己要找機會問;不用擔心自己的問題是不是很奇怪,因為那也可能是別人的問題,能提出問題就已經是比別人贏了一半。其實實習過程中我也有問過不少問題,但我沒有把它們放進這裡,因為我覺得問題應該是自己真心疑問、主動去問才會真正記得牢靠。

我比其他同期要小上一屆,也許看到這裡的人會是和我一樣年級的學生,也許會是和我一樣帶著不少問題來實習的大學生;我也說不來什麼漂亮話,其實說來說去,實習拿的受益除了這四學分和時數、最大的就是問題與解答的收穫,希望實習結束後,大家都

能有不會後悔的一個暑假。

莊：結束為期兩個月的實習，我的感想是很高興當初有努力去爭取這個實習機會。總編曾經向我們說過：「實習就是讓我們體驗職場生活，跟校園照表操課、被動接收的環境不一樣，職場上我們要更主動去爭取、詢問，並創造出自己無法被替代的價值。」

在這方面我感受很深刻，例如：之前在協助業務部時，好奇出版社執行政府標案的流程，於是我主動找林編輯以及總編的空閒提問，最後了解整個標案運作模式。成果書中，我們有許多不同於以往的創意想法，也是我們主動去找總編討論，最後成果書才能呈現出現在的樣貌。

非常感謝萬卷樓每一個人在實習期間給我的指導與關心。希望這本書能夠為想了解出版業運作模式的人開啟新的視角，更鼓勵大家實際參與實習，打造屬於自己的出版人生。

國家圖書館出版品預行編目(CIP)資料

全知出版視角 / 丁信智, 吳沛錞, 李宜蓁, 邱筠涵, 莊昀蓁, 黃宣瑜, 廖于嬧, 謝佩芸編著 ; 邱筠涵, 莊昀蓁主編. -- 初版. -- 臺北市 : 萬卷樓圖書股份有限公司, 2025.08

面 ; 公分. -- (文化生活叢書. 出版可樂吧 ; 1309B08)

ISBN 978-626-386-317-0(平裝)

863.55　　　　　　　　　　　114012743

文化生活叢書・出版可樂吧 1309B08

# 全知出版視角

| 總 策 劃 | 梁錦興　張晏瑞 | 發 行 人 | 林慶彰 |
| --- | --- | --- | --- |
| 主　　編 | 邱筠涵　莊昀蓁 | 總 經 理 | 梁錦興 |
| 封面設計 | 邱筠涵　廖于嬧 | 總 編 輯 | 張晏瑞 |
| 編　　著 | 丁信智　吳沛錞 | 編 輯 所 | 萬卷樓圖書（股）公司 |
|  | 李宜蓁　邱筠涵 | 發 行 所 | 萬卷樓圖書（股）公司 |
|  | 莊昀蓁　黃宣瑜 |  | 106 臺北市大安區羅斯福路二段 41 號 6 樓之 3 |
|  | 廖于嬧　謝佩芸 | 電　　話 | (02)23216565 |
|  |  | 傳　　真 | (02)23218698 |
|  |  | 電　　郵 | service@wanjuan.com.tw |

ISBN 978-626-386-317-0
2025 年 08 月初版
定價：新臺幣 260 元

Copyright©2025 by WanJuanLou Books CO., Ltd.
All Rights Reserved　**Printed in Taiwan**

**本書為萬卷樓圖書公司 2025 年度「圖書出版經營理論與實務暑期實習」成果。**